KB114148

천 번의 환생 끝에 15

요람 장편소설

초판 1쇄 찍은 날 § 2018년 10월 11일
초판 1쇄 펴낸 날 § 2018년 10월 18일

지은이 § 요람
펴낸이 § 서경석

총괄팀장 § 최하나
편집책임 § 김슬기
편집 § 김대용
디자인 § 신현아

펴낸곳 § 도서출판 청어람
등록번호 § 제387-1999-000006호
등록일자 § 1999. 5. 31
어람번호 § 제1-2961호

주소 § 경기도 부천시 원미구 부일로 483번길 40 서경B/D 3F (우) 14640
전화 § 032-656-4452 팩스 § 032-656-4453
http://www.chungeoram.com
E-mail § chungeorambook@daum.net

ⓒ 요람, 2017

ISBN 979-11-04-91841-4 04810
ISBN 979-11-04-91433-1 (세트)

요람 장편소설

FUSION
FANTASTIC
STORY

15

천 번의
환생 끝에

청어
람
도서출판

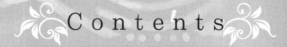

Contents

Chapter101: 쓸쓸한 달빛 아래　7

Chapter102: 당한 만큼 갚아줘야겠지?　69

Chapter103: 당한 만큼 갚아줘야겠지?Ⅱ　131

Chapter104: 피에 잠기는 도시　195

Chapter105: 피에 잠기는 도시Ⅱ　235

Chapter106: Glory Day　263

Chapter101
쓸쓸한 달빛 아래

"음……."

로건은 다시금 날아든 의뢰에 잠시 침음을 흘렸다. 의뢰가 과해서 나온 침음은 아니고, 너무나 상세하게 적혀 있는 정보 때문이었다.

"역시 블랙마켓인가."

블랙마켓은 정말 확실했다.

목표들을 사살한 사진을 찍어 블랙마켓이 지정한 메일로 보내기 무섭게 의뢰 금액 절반이 들어왔다. 저번 작전으로 로건의 팀이 받은 금액은 인당 5만 달러 정도였다. 사살한 인원에 따라 금액이 책정되는 게 아닌 작전의 위험도에 따라 금액이 결정되는 구조였다. 이번 작전은 그 두 배에 달하는 금액이 책정되어 있었다. 대신 그만큼 위험하다. 물론 반대로 정보도 확실했다.

'우리야 퇴각로만 확실해도 되니까.'

설령 그렇지 않더라도 이들은 자력으로 그곳을 탈출할 능력을 충분히 갖추고 있었다. 레인저 특수 팀은 척후, 첩보, 기습, 퇴각 등에 있어서는 말 그대로 스페셜리스트들이었다.

'게다가 지형을 보니 우리를 생각해서 지정해 줬군.'

산악 지형에 침엽수림이다.

이런 장소에서 정말 징글징글하게 훈련을 했던 로건 팀이라 반군의 수와 경계가 상당했지만 충분히 자신이 있었다.

"다들 모여봐."

로건의 말에 여기저기서 알아서 쉬고 있던 팀원들이 부스스 일어나 바로 로건의 앞으로 모였다. 쉴 때는 좀비처럼 흐느적거리지만, 로건의 목소리가 변하는 순간 이들은 일당백의 레인저로 변했다.

"휴, 드디어 일인가?"

"그래, 제이미. 의뢰가 들어왔다. 일단 브리핑부터 한다."

로건은 바로 자료를 메모리칩에 담아 빔프로젝트에 연결했다. 첫 번째 장은 지형이었다.

"보는 것처럼 터키에서 배를 통해 이스라엘로 들어왔고, 육로를 이용해 다르아로 들어왔다. 이들의 목적은 당연히 테러다. 그것도 미군을 대상으로 한 테러가 예상된다."

"음… 이것들이 미쳤네?"

제이미가 씩 웃었다.

미군에 대한 테러에는 극도로 예민한 제이미의 말에 로건도 웃었다. 제이미만 그런 게 아니다. 여기 있는 전체가 그랬고, 로건도 그랬다. 비록 지금 돈 때문에 군인을 때려치우고 용병으로 일하지만 아직도 국가에 대한 충성과 헌신은 군인때 못지않았다.

"고맙게도 의뢰인은 이 정보를 사전에 입수했고, 우리에게 알려줬다. 더욱 고마운 건 네놈들이나 나나 좋아하는 돈을 주기까지 했다."

"끌끌, 거 더럽게 고마운 의뢰인 아니오?"

"그렇지. 게다가 이쪽은 더더욱 더럽게 고맙게도 산악 지역이다."

"크흐흐……."

레인저들이 제각각 실소를 흘렸다.

산악 지역은 이들에겐 앞마당이나 마찬가지니 드디어 제대로 날뛸 수 있겠다는 기대감에 섞여 나온 실소들이었다.

"근데 대장."

"왜?"

"이거 미군 상대하는 놈들이면 처음에 상대한 놈들이랑 뭔가 좀 다른 것 같지 않소? 저번에 보니까 분명 그놈들 계파만 싹 정리한다고 했던 것 같은데?"

"그랬지. 근데 이거, 놈들이 방향을 바꾼 거야. 족보는 같은 놈들이라고."

"그럼 뭐."

제이미는 다시 발을 까닥거렸다.

로건은 다시 팀원들을 바라봤다.

"우리 앞마당 같은 곳이라고 해도 작전은 꽤나 어려울 거로 예상된다. 그러니 출발 전에 묻는다. 빠지고 싶은 사람?"

로건의 말이 끝나기 무섭게 비행기 안에서처럼 실소들을 흘렸다. 국가를 위해 목숨을 바쳤던 이들이다. 그런데 지금 미군을 대상으로 한 테러리스트들이 몰래 미군의 후방으로 들어와 있었다.

이 정보를 차라리 미군에 알리는 방법도 있었지만 이건 블랙마켓을 통해 들어온 의뢰였다. 작전이 끝나도 국가는 알아주지 않겠지만, 자부심과 돈은 남는다. 자신들은 용병. 돈과 자부심을 둘 다 챙길 수 있는 일석이조의 기회를 놓칠 생각은 조금도 없었다.

"좋아. 그럼 준비하고 출발한다. 기본 무장만 소지하고, 작전에 필요한 무기는 현장에 도착해서 보급받는다. 질문?"

"흐흐, 없소. 얼른 준비하고 갑시다."

"그래, 자자, 준비들 하자고! 고고!"

드르륵!

로건의 말이 떨어지기 무섭게 대원들이 안가를 정리하기 시작했다. 아무리 깔끔하게 정리해도 흔적은 남겠지만 로건은 걱정하지 않았다. 어차피 자신들이 떠나면 블랙마켓에서 보낸 청소부가 들어와 싹 정리를 할 것이다.

1시간 뒤, 로건의 팀은 새벽을 틈타 안가를 빠져나와 타르투스로 이동했고, 그곳에서 마켓에서 보낸 운송업자들을 통해 다시 레바논으로 향한 뒤, 테러리스트들의 뒤를 쫓기 시작했다.

*　　　　*　　　　*

철컥, 철컥!

총기를 점검한 지영은 운전석으로 고개를 돌렸다.

"더 빨리 못 가요?"

"이게 최대입니다! 여기서 더 속도를 올리면 코너 돌 때 튕겨 나가요!"

"하아, 최대한 빨리 부탁합니다!"

"네!"

정순철이 지영의 부탁에 이를 악물고 가속페달을 밟았다. 지영은 다시 고개를 돌리고 태블릿을 확인했다.

꼬였다.

반군이 이스라엘을 통해 다르아로 들어가 미군을 향한 테러를 한다는 정보는 당연히 블랙마켓에서 알아냈고, 임수민이 그걸 알려주자 지영은 로건 팀에게 의뢰를 넣었다. 미군에게 줄 수도 있지만 그랬다간 정체가 탄로 날 가능성이 있어 스스로 해결하기로 했다. 그런데… 그게 함정이었다. 의도적으로 흘린 정보를 블랙마켓에서 당연히 낚아챘고, 그대로 로건 팀에게 전달이 됐다. 하지만 블랙마켓이 괜히 블랙마켓이 아니었다. 정보를 검증하던 과정에서 반군이 흘린 함정이라는 걸 알아차렸고, 지영은 급하게 두 개의 팀에 로건 팀의 구출 작전을 의뢰했다.

하지만 거리가 상당했다. 그래서 지영이 먼저 출발했다. 지영은 인의를 지킬 줄 알았다. 자신이 제시한 의뢰가 함정이라는 것을 안 이상, 구하러 가는 것은 당연한 일이었다. 함정에 빠진 로건 팀은 구출 부대를 보낸다고 하자 산악 지역에 최대한 숨어 있겠다고 했다. 다행히 이들은 이런 작전에 특화된 팀이라 하루 정도는 너끈히 버틸 것 같았다.

아니.

'교전은 벌써 벌어졌고… 버텨주기만을 바라는 것밖에 없나.'

그러길 바라는 수밖에 없었다.

저 멀리 우거진 침엽수림이 보였다. 저 아래 도착하면 구출 작전의 시작이다. 지영은 눈을 감았다. 얼마나 달렸을까? 끈적끈적한… 기분 나쁜 느낌이 엄습해 오기 시작했다. 차 안은 쾌적한데도 이상하게 찜찜한 공기가 온몸에 매달리는 느낌에 지영은 감고 있던 눈을 번쩍 떴다.

'기습?'

험비가 좋긴 하지만 느려 터져서 블랙마켓에서 제공한 다른 차량을 이용하는 중이었다. 만약 이 차량에 알피지라도 날아든다면? 여기서 손잡고 모조리 황천길행 배를 타게 될 것이다. 다들 감각이 좋은 만큼 벌써 뭔가 낌새를 눈치챘는지 날카로운 눈빛들이 되어 있었다.

"정지! 차 세워요!"

"네!"

운전하는 정순철은 바로 도로를 벗어나 언덕 쪽으로 내달렸다. 그 순간이었다.

피유… 피유…….

두 개의 연기가 꼬리를 물고 날아오기 시작했다. 지영이 예상했던 대로 알라의 요술봉이었다. 그걸 백미러로 확인한 정순철이 핸들을 꽉 쥐면서 소리쳤다.

"모두 아무거나 꽉 잡아요!"

안다. 말 안 해도 그 정도쯤은······.

콰앙! 쾅! 지척에서 터진 미사일에 몸이 저절로 튕겨 올랐다. 악! 소리를 내는 유리를 붙잡아 옆으로 당긴 지영은 붕 뜨면서 천장에 머리를 찍히자 인상을 와락 썼다.

차는 멈추지 않았다.

지그재그로 움직이면서 악착같이 언덕을 향해 달렸다. 조금이라도 좀 더 멀어지기 위해서였다. 하지만 갑자기 언덕 위에서도 새까만 인형이 우르르 올라왔다. 끼이익! 급하게 브레이크를 밟은 정순철이 다시 차를 돌렸다.

뒤?

이미 뒤에서도 새까맣게 몰려들고 있었다.

"정면! 산으로 그냥 달려요!"

"네!"

정순철이 다시 방향을 잡고 지영이 얘기한 산으로 냅다 달리기 시작했다.

따다당!

따다당!

콩 볶는 소리가 아련하게 들려왔다.

띵! 띠디딩! 개중에는 차량에 부딪쳐 튕겨 나가는 탄도 있었다. 다행히 차량은 웬만한 소총의 총격은 버티는 방탄이었기 때문에 크게 문제는 없었다. 문제는 미사일이다. 미사일에 직격당하는 건 당연히 버틸 수 없고, 지척에서 터져 차가 뒤집히면 그것도 아주 지랄 같은 상황이 펼쳐진다.

피융! 피융……!

멀리서 미사일 두 대가 더 날아왔다.

휴대용 미사일의 무서운 점은 바로 사람 혼자서 사용이 가능하다는 점이었다. 그리고 최대의 단점도 바로 사람이 사용한다는 점이었다. 쉽게 사용 가능 하지만, 반대로 그렇기 때문에 명중률이 매우 떨어진다.

쾅! 콰앙……!

타다다닥!

10미터 근처에서 터진 미사일이 돌조각을 사방으로 날려댔다. 하지만 그러거나 말거나 차는 정면의 산으로 최대한 가속해서 내달렸다. 억겁과 같은 시간이 흘러갔다. 지영은 산을 노려보며 제발 산에는 적이 없기를 바랐다. 산 위에 적이 있으면 사방에서 적을 맞이하게 된다. 아무리 일당백이라고 하더라도 포위된 채로는 제대로 싸울 수 없는 건 기본 중에 기본이었다. 지영이 아무리 특별해도, 안젤라와 유리가, 성수정과 정순철이 아무리 스페셜해도, 대가리에 총알 한 발만 박혀도 죽는다.

허벅지에 한 발만 박혀도, 전투력이 급격히 하락한다. 그러니 포위만큼은 반드시 피해야 했다.

끼이익!

차가 드디어 산 아래 멈췄다.

트럭을 어디다 숨겨놓았는지 꼬리를 물고 쫓아오는 놈들이 보였다. 트럭의 수는 대략 10대가량. 저기에 열 놈씩만 타고 있어도 백이다.

"빨리, 산으로 올라가요! 수정 씨가 먼저 올라가서 길 열고!"

"네!"

성수정이 기본 장비만 챙긴 채 산을 타기 시작했다. 어쩔 수 없다. 안젤라는 근접전이 아닌 중화기, 소총 쪽에 전문가고, 정순철은 최소한의 짐을 챙겨 올라가야 했다. 파바박! 자신의 짐만 딱 챙긴 유리가 성수정의 뒤를 따라 달렸다. 소총도 능숙하고, 근접전도 일품이니 성수정의 뒤를 충분히 받쳐 줄 것이다. 지영은 가능한 많은 짐을 챙겨서 산으로 올랐다. 그 뒤를 정순철이 따라 달렸다.

"안젤라!"

그녀가 바로 올라오지 않고 뭔가를 설치하는 걸 본 지영이 급하게 소리치자 안젤라가 뒤도 돌아보지 않고 외쳤다.

"먼저 가! 이것만 설치하고 따라갈게!"

서로 간 쓰던 존대고 나발이고 이제는 없었다. 지영은 이를 악물고 위로 달렸다. 그동안 작전이 너무 쉽긴 했다. 세 번째는 의도한 작전이 아니었지만, 솔직히 너무 쉬웠다. 하지만 그렇다고 긴장의 끈을 놓고 있던 건 아니었다.

이번엔 그냥, 제대로 당한 거였다. 이놈들은 치밀하게 설계를 했을 거고, 거기에 지영도, 블랙마켓도 그냥 손도 쓰지 못하고 당한 게 맞았다. 20분? 30분? 쉬지 않고 발을 놀려 산을 타고 있을 때쯤이었다.

치익.

―산에 적 없음!

성수정의 무전을 듣고 지영은 안도의 한숨을 내쉬었다.

치익.

"안젤라! 정 팀장님은 올라가서 저격 포인트 잡아요! 저랑 유리, 수정 씨는 그 아래서 올라오는 적을 잡습니다!"

칙, 치지직!

네 개의 대답이 들려오고 지영은 저 멀리 산 정상이 보이는 곳에서 멈춰 섰다. 옆으로 내려놨던 배낭 하나를 정순철이 가지고 올라갔다. 지영은 바로 자신의 배낭을 열어 씨레이션을 급하게 욱여넣었다. 물로 입가심하기까지 고작 3분 남짓 걸렸을 때, 다시 무전이 들려왔다.

치익.

―산 아래 도착! 어어… 많은데? 이거 너무 많은데!

―대충이라도 계산해 봐!

성수정의 비명과 같은 무전에 지영은 이를 악물었다. 아주 그냥… 제대로 걸렸다. 지영이 이를 악물 때쯤 재차 무전이 들려왔다.

치익.

―대략… 이백? 그쯤!

10대가 뒤따라왔으니까, 한 트럭에 그럼 20명씩 탔다는 소리다. 지영은 칼, 소총, 탄 등을 확인했다. 수류탄도 바로 꺼내서 몸에다 걸었다.

치익.

"뒤로 내려가는 길은?"

―없어! 제길 능선 따라 전부 절벽이야!

염병…….

왜 여기서 기다렸는지 지영은 곧바로 알았다. 애초에 놈들은 산으로 지영을 몰 생각이었다. 그게 지영이 정말 타깃이었는지, 아니면 오는 놈들 중 하나인지는 중요하지 않았다. 그냥 그 그물에 자신이 걸렸다는 게 중요했다.

'내가 여기서 죽어줄 것 같냐……?'

은재가 기다리고 있는데?

치익.

─이놈들… 절하는데요?

절?

지영은 눈을 번쩍 떴다.

절을 하는 건… 당연히 의식이다.

그리고 이 의식에 끝에는…….

지영은 바로 무전기 버튼을 눌렀다.

"육탄전입니다. 이놈들 칼 들고 들어올 거예요. 산 채로 우리를 잡던지, 아니면 칼로 난도질을 하던지 둘 중 하나를 노릴 겁니다. 각자 알아서 준비하세요."

구구절절 뭘 하라고 지시를 내릴 필요가 없는 사람들이니 알아서 잘할 거다. 그렇게 무전을 끝낸 지영은 슬쩍 하늘을 올려다봤다. 어둡다. 주변도 마찬가지였다. 시간을 확인하니 18시가 막 지나고 있었다.

'야간 전투라… 이거 하난 마음에 드네.'

씨익.

곧 있으면 해가 진다.

그럼? 어둠은… 지영이 가장 좋아하는 조건 중 하나였다.

쨍!

"……."

은재는 바닥에 떨어져 깨진 잔을 물끄러미 바라봤다. 산산

조각 나 여기저기 흩뿌려진 파편을 보다가, 손에 달린 손잡이를 들여다봤다. 아끼던 컵이었다. 지영과 다시 만나던 날, 노르웨이에서 한국으로 넘어올 때 공항 면세점에서 지영이 사준 컵이라 항상 일할 때 옆에 두고 쓰는 컵이었다. 그런 컵이 갑자기 손잡이가 부러져 깨졌다.

"음……."

그리고 뒤이어 기분 나쁜 감각이 온몸을 엄습했다. 평소 이런 경우는 평소에도 거의 없었기 때문에 갑작스러운 불안감까지 뒤이어 찾아왔다.

"아가씨?"

컵이 깨지는 소리를 들었는지 유선정이 조용히 문을 열고 안으로 들어왔다가, 깨진 컵을 보곤 얼른 나가 빗자루와 쓰레받기를 가져와 치우기 시작했다. 슥삭슥삭 얼른 깨진 잔을 치운 유선정은 이어 청소기를 돌리고, 물걸레질을 하는 걸로 말끔히 정리를 끝냈다.

"어디 다치신 곳은 없으세요?"

"네, 없어요. 고마워요, 이모."

"다행입니다. 차를 한 잔 더 타다 드릴까요?"

"…차 말고, 독한 보드카 한 잔 타다 주시겠어요?"

"…네."

낮이다.

이제 겨우 낮 1시밖에 되지 않았는데 술을 찾는 은재의 말에 유선정은 잠시 놀랐으나 뒤이어 고개를 숙이고 조용히 방을 빠져나갔다. 잠시 뒤 다과와 독한 보드카를 유선정이 책상 위에 가져다주자 은재는 노트북을 덮었다.

쿵, 쿵, 쿵!

이상했다.

아직 술을 마시지도 않았는데 심장이 거칠게 뛰기 시작했다. 이런 적은 처음이었다. 그 무서운 경험을 했을 때도 이렇게 심장이 뛰지는 않았었다. 그런데 오늘은 이상하게 가슴이 저릴 정도로 거칠게 뛰기 시작하는 심장에 은재는 입술을 꾹 깨물었다. 무릎 위에 쟁반을 올린 은재는 휠체어를 밀어 베란다로 나갔다. 선선한 날씨였다. 내리쬐는 햇볕도 충분히 기분이 좋았다.

하지만 이상하게 심장은 더욱더, 더욱 세게 뛰기 시작했다.

한 모금 마신 술잔을 난간에 올려놓은 은재는 폰을 꺼냈다. 그리곤 번호 하나를 얼른 찾았다.

뚜르르, 뚜르르, 뚜…….

―응…….

나른한 목소리가 수화기 건너편에서 넘어왔다. 은재는 꾹 깨물고 있던 입술을 천천히 열었다.

"언니, 저예요."

—응, 은재야……. 이 시간에 웬일이야?

"언니……."

—왜, 무슨 일 있니?

"아니요. 그런 건 아닌데… 심장이 저려서요."

—…….

심장이 저리다는 말에 임수민은 침묵으로 답을 했다. 은재는 그 침묵에 입술을 꾹 깨물었다. 김은채가 언젠가 그런 말을 해준 적이 있었다. 너무 아프면, 임수민에게 한번 물어보라고. 처음엔 그 말이 무슨 뜻인지 당연히 몰랐다. 솔직히 김은채가 자신을 떠보기 위해 그런 말을 한 줄 알았다. 하지만 다른 의미가 있었다는 것을 뒤늦게 깨달았다.

"언니……."

뚝.

갑자기 눈물까지 나기 시작했다.

은재는 당황스러웠다.

조울증에 걸린 것도 아닌데 감정이 갑자기 차를 깬 이후부터 혹 뒤집혀 버렸다. 그렇게 뚝 떨어진 감정은 결국 당황스럽게 눈물까지 흘러내리게 만들었다.

—은재야?

"언니 갑자기… 나 무서워요……."

은재는 자신을 괴롭히기 시작하는 감정이 뭔지를 깨달았

다. 밑도 끝도 없이 들어온 이 감정은, 두려움이었다. 근데 무엇이 두려워서 눈물까지 나게 만드는지 은재는 도저히 알 수가 없었다. 눈물이 흐르는 이유 또한, 정말 알 수가 없었다. 그저, 무서웠다. 그저, 두려웠다.

―하…….

건너편에서 임수민의 진한 한숨이 들려왔다.

"언니……."

―뭐가 통하긴 통하나 보다.

"네……?"

뭐가 통해? 누구랑? 지영이랑?

은재는 그걸 차마 물어볼 수 없었다.

지영이 죽음을 위장해 사라진 건 다 이유가 있을 거라 생각했다. 그렇기 때문에 너무나 보고 싶었지만 은재는 김은채에게 지영을 찾아달라고 하지도 않았고, 임수민에게 지영의 소식을 물어보지도 않았다. 송지원을 만날 때도 가능한 지영의 얘기는 삼갔었다. 지영의 가족들도 마찬가지였다.

암묵적인 함구.

이게 지영의 지인들이, 가족이 지영이란 주제를 대하는 자세였다. 하지만 오늘만큼은 참을 수가 없었다.

알고 싶었다.

잘 있는지.

밥을 잘 먹고 있는지.

다친 어깨는 괜찮은지.

어디 다치진 않았는지.

하나부터 열까지, 전부 알고 싶었다.

그리고 그걸 알려줄 사람은 김은채를 통해 임수민이 유일
하다는 걸 알았다. 지영의 돈이 임수민에게 흘러들어 가는 걸
김은채가 파악했기 때문이었다. 그것 말고도 이미 송지원 납
치 사건 때 임수민이 범상치 않은 신분을 숨기고 있다는 것도
김은채는 알고 있었다. 그래서 정 힘들면, 임수민에게 기대라
는 김은채의 말을 은재는 오늘 처음 따랐다.

—은재야.

"네, 언니……."

—집이니?

"네……."

—언니가 지금 갈 테니까, 진정하고 기다릴래?

"네……."

네, 네, 네.

할 수 있는 대답이 그것밖에 없었다.

갑작스럽게 몰아친 두려움이 은재의 사고 능력을 뭉떵 깎
아버렸다. 눈물은 여전히 떨어지고 있었다.

—30분이면 가니까, 조금만 기다려.

"네……."

이번에도 네, 하고 대답하자 전화는 바로 끊겼다. 은재는 폰
을 무릎 위에 올려놓고 양손으로 얼굴을 감쌌다. 진한 두려움
은 임수민이 온다고 했는데도 가시지 않았다. 그런 은재의 뒤
로 시꺼먼 그림자가 드리워졌다.

"에휴……."

한숨과 함께 은재의 목을 감는 이는 김은채였다. 마침 근처
에서 미팅을 하던 그녀는 유선정의 연락을 받고 한달음에 달
려와 갑자기 비 맞은 강아지처럼 떠는 동생을 보았지만, 해줄
수 있는 건 이렇게 안아주는 게 전부였다.

"언니……."

"괜찮아, 내 동생… 괜찮아."

"흑, 흐윽… 흐앙……!"

결국엔 터져 버린 울음에, 김은채는 은재를 더욱더 꼭 안아
줬다. 지금은 그저… 고작 이게 그녀가 해줄 수 있는 전부였
다.

*   *   *

전화기를 내려놓은 임수민은 한숨을 내쉬었다. 그리곤 이어
폰을 귀에 걸고, 바로 의자에서 일어났다.

"상황은?"

—이제 막 교전이 시작된 것 같습니다.

"…알았어."

외투를 챙긴 그녀는 바로 지하 차고로 내려가 차에 올라 시동을 걸었다. 부웅, 부으웅. 끼긱, 끼이익! 시동을 걸기 무섭게 차를 출발시킨 임수민은 후우, 한숨을 내쉬었다. 꼬였다. 무기는 물론 정보 쪽으로는 감히 최고라 자부하는 블랙마켓을 운영하는 그녀는 한숨 뒤에 헛웃음을 흘렸다.

쉽게 봤을까?

로건 팀을 보내놓고, 막 그들이 작전에 들어섰을 때쯤에야 정보가 잘못됐다는 걸 깨달았다. 그래서 급히 지영에게 연락을 했고, 지영은 당연히 그들을 구하기 위해 작전지역으로 향했다. 다행히 타드몰에서 떠나 남쪽으로 내려와 있었던 지영이라 반나절이면 합류가 가능했다. 하지만 그것도 함정이었다. 그것도 아주 대대적으로 펼쳐놓은 함정에 임수민은 지영을 넣은 꼴이 됐다.

막 전투가 시작되어서 지영에게 연락도 제대로 못 했다. 하지만 임수민은 지영이 이런 함정에서 꺾일 인간이 아님을 누구보다, 이 세상 누구보다 잘 알고 있었다.

'우린, 그런 존재들이니까.'

죽고 싶다고 마음먹지 않은 이상, 바퀴벌레보다 끈질긴 생명력과, 생존력을 가진 게 바로 강지영이란 인간과 임수민, 본인이었다. 그러니 수백의 적 앞에서도 지영은 분명히 살아남을 게 분명했다. 그래서 임수민은 지금 해야 할 일에 집중할 생각이었다.

함정.

블랙마켓을 일시적으로 속일 만큼 반군이 뛰어났나? 아니지, 임수민은 바로 고개를 저었다.

'절대로 반군들로만은 이런 함정을 파기 쉽지 않아. 그럼 무조건 국가급 정보 단체가 끼어들었다는 건데…….'

솔직히 말에 시리아 내전에 개입한 국가가 너무나 많아 어느 한 곳을 특정하는 것도 쉽지 않았다. 하지만 그렇다고 아예 알아내기 불가능한 것도 아니었다. 블랙마켓. 세상에는 돈이 궁하거나, 돈에 욕심이 많은 사람은 얼마든지 있었고, 그런 사람들을 이용해 원하는 정보라면 백악관의 주인이 무슨 팬티를 입었는지까지 알아낼 수 있는 저력과 노하우가 블랙마켓에는 있었다.

끼이익.

차가 주차장을 빠져나와 도로로 진입, 신호 앞에 섰다.

지이잉, 지이잉.

도청, 감청이 불가능한 블랙마켓 업무용 폰이 울기 시작했다. 목소리 변조 어플을 켠 임수민은 바로 전화를 받았다.

"말해."

―모사드 흔적을 찾았습니다.

"모사드라……."

시리아와 바로 붙어 있는 이스라엘의 정보부대 이름이다. 실제적으로 전쟁을 벌이는 이스라엘이기 때문에 이쪽의 특수부대, 정보부대의 능력은 세계에서도 탑 수준이었다.

"그렇지, 반군 따위가 감히 우리 이목을 피해서 이딴 함정을 설치할 수 있을 리가 없지."

―단단히 준비한 것 같습니다. 아마 마켓 정보력이 아니었으면 연결 고리도 찾기 힘들었을 겁니다. 실제로 CIA, 정보총국, FSB(Federal Security Bureau)도 아직 파악 못 한 듯싶습니다.

CIA야 유명하고, 정보총국은 프랑스의 정보기관이다. FSB는 그 악명 높은 구소련 KGB(카케베)의 후신이다. 서로 국가가 다르지만 유일한 공통점이 있으니, 모두 자국의 이득을 위해서라면 무슨 짓이든 한다는 점이었다. 그런데 그런 곳에서도 아직 연결 고리를 찾지 못한 걸 블랙마켓은 이미 확보했다.

"근데 모사드가 왜 개입했지?"

―지금 파악 중입니다만, 일단 가능성은 두 가지입니다.

"말해봐."

―시리아 내에서 자신들이 모르는 특수작전에 대한 견제가

첫 번째입니다.

"흠."

그럴 가능성도 충분히 있었다.

가자 지구 이후, 이스라엘은 언제나 주변국을 향한 국지전을 멈추지 않았었다. 미국이나 프랑스, 영국이 세계 경찰이란 이름 아래 깡패 짓을 벌인다면, 이쪽에선 이스라엘이 딱 그랬다.

"두 번째는?"

─시리아 내 반군의 입지를 올려 좀 더 분란을 키울 가능성이 있습니다.

"하긴, 요즘 좀 조용하긴 했지."

국가의 행동은 겉으로 보이는 것을 보고 선과 악을 결정해서는 안 됐다. 미국도 그렇지만 거의 모든 열강이 겉과 속이 다른 행동은 기본 중에 기본으로 깔고 움직였다. 우방? 친구? 겉으로는 무슨 말이든 할 수 있는 게 바로 '열강'이란 칭호로 불리는 국가들이었다.

─어떻게 할까요?

"어떡하긴, 우린 로건 팀과 사신 팀만 구출한다. 구출 부대는?"

─벨 팀이 다섯 시간 내에 도착합니다.

벨 팀.

아프리카에서 용병으로 뛰던 팀이다.

그 팀도 반군을 상대로 잔뼈가 굵은 팀이라 이런 구출 작전에는 아주 최적의 팀이었다.

"다섯 시간이라……."

반나절에 가까운 긴 시간이었다.

하지만 임수민은 그리 걱정하지 않았다.

지영이 그 정도로 죽을 위인이 절대로 아니란 걸 아주 잘 알기 때문이었다.

삐.

초록불이 들어오고, 임수민은 다시 차를 출발시켰다.

"최대한 빨리 도착하게 지원해 주고, 한 시간마다 메시지로 상황 보고해."

—네.

뚝.

통화가 끊기자 폰을 조수석에 던진 그녀는 흘러내린 머리를 쓸어 넘겼다. 이걸로 일단 그쪽에 손을 쓸 건 전부 써놨다. 그러니 이제 남은 건 유은재인데…….

"감이 그렇게 좋았나? 대체 어떻게 안 거지?"

뭐, 자신에 대한 얘기야 김은채에게 들었다고 하니 그렇다 쳐도, 어떻게 딱 지영이 함정에 빠진 순간, 그걸 직감적으로 느끼고 자신에게 연락을 했는지 참 신기했다. 연인이라지만, 아무리 서로 사랑하는 사이라지만 말로는 설명할 수 없는 어떤 감을 느꼈다는 건데…….

"천생연분이라는 게 있긴 있다는 거네……."

운명이 정해준 상대.

신의 존재 또한 믿는 임수민이기에, 그런 운명과 천명을 믿지 않는 건 아니었지만 실제로 보게 되니 그래도 신기하긴 했다.

"후… 이런 감 좋은 아이를 어떻게 진정시키나?"

쓥…….

지영이 삶에 끼어드니 이건 뭐, 트러블 메이커도 아니고 아주 그냥 지루할 틈이 없었다. 하지만 지영이나 은재에게 미안하지만 임수민은 이런 사건 사고에서, 살아 있음을 느끼고 있었다. 그런 마음으로 한참을 달려 은재의 집에 도착한 임수민은 울다 지쳐 쓰러진 은재를 보고는 한숨을 내쉬었다. 그런 그녀를 보며 임수민은 결국, 지영에 대한 얘기를 조금은 해줘야겠다고 마음먹었다.

지영은 밤을 좋아한다.

감성에 젖기 좋을 뿐만 아니라, 밤 자체가 주는 마력은 언제나 지영을 설레게도 하며, 반대로 차분하게도 해줬다. 지금도 그랬다. 산 밑에서 칼을 든 수백의 적이 올라오고 있었지만 지영의 심정은 지극히 차분했다.

누가 봤으면 산에 캠핑 온 게 아닐까 오해했을지도 모를 정도로 지영의 심리 상태는 안정적이었다. 그리고 그런 지영의 영향을 받았는지 팀원들 전부가 그와 비슷한 감정을 유지 중이었다.

치익.

―Capitaine?

안젤라의 부름에 지영은 무전기 버튼을 온으로 아예 돌려놨다.

"왜요?"

―대장이 봤을 때 우리가 살아 나갈 확률은 얼마나 돼?

살아 나갈 확률이라…….

"너무 높아서 확률을 따지는 게 의미가 없을 것 같은데요?"

―후후, 그래?

"솔직히 총으로 밀고 올라왔으면… 어쩌면 여기가 무덤이 됐을지도 몰랐는데, 고맙게도 칼만 들고 올라오잖아요. 우리를 잔인하게 해체하고 싶은 겁니다. 이것들은."

―후후.

"그러니 위에서 지원만 잘해줘요. 그럼 무사히 다 같이 돌아갈 수 있을 테니까."

―알겠어, 대장. 아, 슬슬 올라오려나 본데?

뚝, 무전이 끊기고 얼마 지나지 않아 산 아래서 함성이 들려왔다.

"우와!"

"우와!"

아래에서 들려오는 거친 함성은 밤에 너무 익숙해진 감정을 다시 일깨웠다. 지영은 더 이상 무전을 하지 않았다. 대신, 칼과 총을 들고 조용히 자리에서 일어났다. 사악사악. 지영이 움직이자 수풀이 꺄르르, 간드러지는 소리가 났다.

지영은 잎이 무성하게 난 덩굴을 비집고 안으로 들어갔다. 그리고 잠시 뒤, 침묵을 찢는 총성이 산속을 뒤흔들었다.

부슉……!

퍽!

너무나 고요해서 그런지 총소리 뒤에 곧바로 탄이 몸에 박히는 소리가 났다. 어디를 맞았는지 모르겠지만 안젤라의 저격이라면 절대로 살아날 수 없는 부위에 꽂혔을 것이다. 그게 시작이었다.

부슉!

부슉!

퍽! 퍼걱!

고지에 자리를 잡은 안젤라가 올라오는 반군의 몸뚱이를 연달아 꿰뚫었다. 지영도 총구를 천천히 들어 올렸다. 하이재킹을 당하고 5년, 지영은 그 기간 동안 안 써본 총기, 무기가 없었다. 저격 소총은 물론 심지어 반군 기지에 있던 화학무기까지 탈취해 굴에 터뜨려 봤을 정도였다.

MP5(Machine Pistol 5).

독일에서 개발한 기관단총인 MP5는 전 세계 특수부대에서 애용하는 소총이다. 그래서 그런지 지영의 손에도 딱 맞았다.

푸슝!

퍽!

바위 뒤에서 대가리만 빼꼼 내민 반군의 머리가 뒤로 홱 넘어갔다. 동시에 붉은 피 보라가 훅 솟구쳤다.

따당!

어둠 속에서 불빛이 잠시간 번쩍였다. 아마 지영의 총격에 놀란 반군 하나가 실수로 방아쇠를 당긴 것 같은데… 몰랐을 거다. 그게 자신을 지옥으로 떨어뜨릴 신호가 됐다는 사실을.

푸슝! 푸슝!

"악!"

불빛이 번쩍였던 곳으로 두 발을 발사하자 여지없이 비명이 들렸다. 스윽, 총을 다시 회수한 지영은 조용히 덤불 뒤로 빠져나갔다. 두 번의 총격으로 저쪽에서도 이쪽의 위치를 파악했을 가능성이 있어서였다.

아나나 다를까 지영이 빠져나오기 무섭게 따다다당! 총격이 지영이 있던 덤불로 집중됐다. 물러난 지영은 자세를 낮춘 상태에서 주변을 둘러봤다. 포위전이다. 하지만 이백이란 숫자로 산 전부를 촘촘하게 포위해서 올라오기에는 무리가 따랐다. 게다가 이놈들은 육탄전을 선택했다. 좀 전의 총성은 아마 위협용일 것이다. 수로 밀어붙여 지영의 팀이 산 정상 쪽으로 몰리면 그때부터 칼을 들고 달려들 것이다.

'그러니 그 이전에……'

최대한 수를 줄여놔야 했다.

적의 수는 많지만 지영은 자신의 팀을 믿었다.

'여기서 죽을 위인들이 아니지……'

안젤라와 유리는 말할 것도 없고, 그간 같이 전투를 수행하며 지켜본 성수정과 정순철도 두 사람에 비해 조금도 밀리지 않았다.

쉭!

"끄아악!"

숲 저편에서 처절한 비명이 들려왔다. 저런 비명은 절대로 총에 맞아서 나오는 게 아니었다. 게다가 총성도 안 났다.

'유리.'

정순철도 위에서 화력을 지원하기로 했으니, 저건 분명 유리 아니면 성수정이 움직인 건데 성수정은 일격에 바로 숨을 끊는 스타일이라 저런 비명이 나올 일이 없었다. 그러니 유리가 움직여 아마 그녀가 자주 애용하는 대검을 몸 어딘가에 깊

숙이 꽂고, 그었을 것이다.

부슝……!

퍼억……!

저격 소리와 몸이 뚫리는 소리가 한 번씩 메아리처럼 들려왔다. 힐끗, 나무 뒤에서 새하얀 두건이 슬쩍 보였다가 사라졌다. 휙! 그리곤 갑자기 튀어나와 총구를 여기저기 돌려보기 시작했다.

푸슝!

픽!

피 보라가 훅 솟구치면서 놈의 머리가 뒤에서 머리끄덩이를 잡아 누른 것처럼 뒤집혔다. 지영은 다시 자리를 이동했다. 아래서 시끄러운 아랍어가 들려왔다. 좀 멀지만 대충 내용은… 죽여! 그 정도였다. 다른 팀원이 노출된 것 같지만 지영은 자리를 비울 수가 없었다. 여길 피하면 바로 산 위로 올라갈 거고, 아무리 안젤라와 정순철의 저격 실력이 좋아도 백이 넘는 반군을 상대하는 건 불가능했다.

부슝……!

부슝!

저격 소리가 연달아 들리다가, 갑자기 세상이 환해졌다.

콰웅! 콰앙……!

콰과광……!

"으아!"

"으아악……!"

바람결에 고통에 찬 비명이 들려왔다. 지영은 좀 전의 폭발이 아까 안젤라가 산에 올라가기 전 설치한 부비트랩이 터지며 난 소리라는 걸 깨달았다.

피식.

그 와중에 클레어모어를 설치하고 올라갔다. 거짓말 조금 보태서 세상에서 제일 무서운 여자가 아닌가 싶었다.

"으아……!"

운 좋게 지영을 발견한 놈이 칼을 들고 악을 쓰며 달려왔다. 지영은 두 걸음 물러나며 바로 총구를 들어 올렸다.

푸슝!

픽!

막 칼을 내려치려던 놈의 이마가 확 재껴졌다.

머리가 터지며 피어올랐던 피가 지영의 몸에도 후두둑 쏟아졌다. 비릿한, 언제 맡아도 도저히 적응이 되질 않는 냄새에 지영은 이맛살을 찌푸렸지만 딱 거기까지였다. 언제 맡아도 적응이 되지 않는 냄새지만, 반대로 무수히 많이 맡아봐서 무시할 수 있는 수준에는 오른 지영이었다.

"우와!"

이번엔 두 놈이었다.

총소리를 듣고 달려온 반군 둘이 만월도를 들고 지영을 향해 내달렸다. 밤에 칼을 들고 달려드는 장면은 정말 끔찍하기 그지없지만 무수히 많은 삶을 살아온 지영은 이것보다 더한 것도 겪었다.

푸슝!

픽!

한 놈의 머리를 날려 버리기 무섭게 칼이 뚝 떨어졌다.

"죽어!"

깡!

바로 반격할 시간이 없어 지영은 소총으로 막고, 바로 옆구리에서 권총을 꺼냈다.

탕! 타앙!

두 발의 탄이 심장과 목젖을 그대로 꿰뚫었다. 피가 쭉쭉 솟구쳐 헬멧에 묻어 시야가 가려지자 지영은 바로 벗어 던졌다. 이제 이걸 벗어 머리를 지켜주는 단단한 방어력은 잃었지만 괜히 앞도 안 보이는 헬멧을 고집하다 옆구리나 목에 칼을 맞는 것보단 훨씬 나았다. 헬멧을 벗자 숲에서 이쪽 나라 특유의 텁텁한 냄새가 들어왔다. 거기다 눈앞에 있는 시체 두 구에서는 얼마나 안 씻은 건지 피 냄새를 뚫고 구린내까지 올라왔다. 지영은 총구를 겨눈 채 그대로 움직였다.

부슝!

퍽!

바위 위에서 불쑥 올라온 머리를 지영은 단방에 날려 버렸다.

쉭!

펄럭!

나무를 지나는데 바람 갈라지는 소리와 함께 옷가지가 바람에 떨리는 소리가 연달아 들려왔다. 지영은 그 소리를 듣는 순간 앞으로 몸을 굴렸다.

푹!

그리고 간발의 차로 지영이 있던 자리에 칼이 박혀 들어갔다. 몸을 굴려 일어나 바로 돌아서자 몸에 둔중한 충격이 왔다. 칼을 놓은 반군이 그대로 지영에게 몸을 날려 온 것이다. 붕 떴던 몸이 바닥에 떨어지자 등에서 격통이 올라왔다.

"크으……!"

바닥에 떨어지기 무섭게 놈은 지영의 목을 짓눌렀다. 순간적으로 숨이 콱 막혔지만 지영은 침착하게 몸을 비틀어 발 한쪽을 빼냈다. 그리곤 그대로 반군의 얼굴 앞으로 휙 감아 손목과 함께 역으로 잡아당겼다. 그러자 바로 반군의 상체가 허벅지에 말려 자세가 역전됐고, 빠각! 섬뜩한 소리가 뒤따랐다.

"으아……!"

스릉!

푹! 서걱!

상체를 세운 지영은 그대로 칼로 가슴팍을 찌르고, 그대로 목을 그었다. 그다음은 다시 몸을 앞으로 굴렸다. 푹! 푸북! 칼 두어 개가 바닥에 박힐 때쯤 지영은 다시 상체를 세워 이번엔 권총을 뽑아 들었다.

탕! 탕탕! 타앙!

칼을 뽑고 지영에게 달려들던 두 놈의 가슴과 머리가 그대로 터져 나갔다. 지영은 숨이 가빴지만 바로 소총을 챙겨 다시 자리를 이동했다.

"훅, 훅, 후우……."

무방비 상태에서 찍혀 등이 더럽게 아팠다. 게다가 삐죽 튀어나온 돌부리가 있었는지 욱신거림이 상상 이상이었다.

파스스…….

바람이 괜찮아? 하고 묻는 것처럼 불어왔다가 사라졌다. 그리고 뒤이어 달빛이 우거진 나뭇잎 사이를 뚫고 들어와 지영의 발 앞을 비췄다.

피식.

'가지가지 하네.'

평소라면 운치라도 느꼈겠지만 지금은 장소를 알려주는 데 오히려 도움을 주고 있는 꼴이었다. 다시 몸을 일으킨 지영은 몇 걸음 떼다가 다시 멈췄다.

사아아…….

바람이 불어오는 소리, 나뭇잎이 흔들리는 소리. 이전과 다를 게 없었다. 하지만 지영은 분위기가 변했음을 아주 확실히 알아차렸다. 끈적끈적한 긴장감이 지 멋대로 지영에게 달려들어 걸음을 멈춰! 악을 쓰고 있었다.

'선수……?'

여기에 선수가 왜?

지금 이 기분 더러운 감각은 예전에 노르웨이의 호텔 복도에서 선수를 만났을 때와 아주 흡사했다. 지영은 당연히 본능이 보내오는 경고를 무시하지 않았고, 그런 마음가짐으로 총구를 조심스럽게 들어 올렸다. 스윽, 스윽. 그리고 눈알만 굴려 주변을 살폈다. 이미 시야는 어둠에 적응한 상태라 사물을 파악하는 데 문제는 없었다. 꼼꼼히 주변을 둘러봤지만 당장 주변에 의심스러운 건 없었다.

지영은 발걸음 소리를 최대한 죽인 채 천천히 다시 움직이기 시작했다. 그리고 채 열 걸음을 움직이기도 전에 살랑살랑 부는 바람에 지 혼자 꼿꼿하게 서 있는 수풀을 발견할 수 있었다.

'찾았다.'

저격수의 위장이었다.

근데 정말 정교해서 다른 곳으로 시선을 돌렸다가 다시 돌

아보면 찾지 못할 것 같을 정도로 은밀했다. 하지만 이미 발각
됐으니, 저 저격수의 운명은 이미 결정되었다. 지영은 다시 은
밀하게 움직여 저격수의 사정거리에서 벗어나 옆으로 이동했
다.

부슝! 부슝! 부슝! 부슝!

저격수는 기본 2인 1조로 움직인다.

그걸 아는 지영은 저격수 옆에 똑같이 위장한 적 하나를
더 찾아냈고, 총구를 확인한 뒤, 대가리가 있을 곳을 연달아
네 방을 갈겼다. 그리고 피 분수가 혹 솟구치는 걸 확인하곤
천천히 뒤로 물러났다.

하지만 저격수 둘을 잡았는데도 기분은 더럽게 찜찜했다.

'왜 저격수가 여기에?'

반군.

반군이 저 정도 전문적인 저격수를 키운다?

못 할 거야 없다.

감각 좋은 인원을 선별해 제대로 된 프로그램을 통해 연습
시키면 되니까. 하지만 반군이다. 족보의 중앙도 아닌 끄트머
리에 있는 것들이 전문 저격수를 운용한다? 이건 말도 안 되
는 일이었다.

지영은 천천히 자신이 죽인 저격수가 있는 곳으로 이동했
다. 그리곤 위장을 걷어 시체의 얼굴을 확인했다. 유대계 특유

의 선이 남아 있는 중년의 사내 둘이었다. 용병 아니면, 정말 군 출신 저격수를 영입한 거라고 봐야 했다.

'이놈들 둘일까?'

그랬으면 좋겠다만… 이렇게까지 대대적으로 준비를 한 걸 보니 그건 아닌 거란 생각이 들었다. 지영은 주변을 다시 한 번 살펴보곤 허리춤에 끼워 넣어놨던 무전기를 꺼내 들었다.

치익.

"적 저격수 한 개 조 확인, 사살. 남은 저격수도 이쪽에서 처리하겠다."

무전을 날린 지영은 천천히 다시 산 아래로 내려가기 시작했다. 완전히 아래로 내려가서, 역으로 뒤를 잡고 칠 생각이었다. 지영이 그렇게 산을 내려가는 와중에도 산은 끝없이 떨고 있었다.

온갖 비명이 난무하고, 온갖 총성과, 사람의 몸이 박살 나는 소리가 뒤섞여 지옥에서 들려올 법한 하모니를 만들어냈다.

사람들은 알까?

자기가 따뜻한 이불을 덮고 자는 이 순간에도, 지구 건너편, 혹은 그 주변, 그 근처에서는 이렇게 살 떨리는 살육전이 펼쳐지고 있다는 사실을? 각자의 이유로 인해, 국가의 이득을 위해, 종교적 교리와 정치로 인한 살인이 끝없이 일어나고 있음을?

피식.

'그랬다면 지구는 벌써 하나의 국가로 통일되었겠지.'

그래, 알 리가 없었다.

지구가 아름다운 이유는, 천사와 악마가 공존하기 때문이란 말이 있다. 악마가 있기에 고통과 슬픔이 있고, 천사가 있기에 기쁨과 행복이 있으니, 감정이 다양한 인간에게는 그야말로 최고의 환경이 아닐 수 없다.

"그게 아이러니함이지."

원해서 태어났을까?

이 지옥 같은 땅에?

벨(Bell).

용병 세계에서는 거의 전설에 가까운 사람이 바로 벨이다. 최악의 치안을 자랑하는 멕시코시티에서 태어난 그녀는 어려서부터 살기 위해 총을 들었고, 약 5년 뒤, 나이 16세에 그녀가 살던 지역의 갱단을 혼자 궤멸시켜 버리는 영화 같은 일을 실제로 재현해 버렸다. 정말로 무서운 점은 그녀는 칼에 베인 상처 두어 개, 허벅지에 총상 두어 개 정도만 입고 끝냈다는 점이었다. 지역 갱단의 수는 대략 이백이 좀 넘는 수였는데 그 많은 수를 혼자 잡았다는 것 자체가 사실 말이 안 되도 너무 안 됐다.

하지만 그녀는 그걸 실현했다.

해가 진 뒤부터 장장 12시간에 걸친 처절한 전투 끝에 모조리 죽여 버렸다. 마지막 피날레가 대박이었다.

겁에 질린 갱단 두목이 차를 타고 도망가자, 그 차를 향해 갱단의 아지트에서 챙긴 RPG7을 그대로 날려 버린 것이다. 근데 하필이면 그 알피지가 주유소 근처를 지날 때 갈겨 버려서 끝없는 불쇼가 펼쳐졌었다.

그렇게 거의 도시를 마비시킨 그녀도 무사하진 못했다. 그 소식을 들은 멕시코시티의 다른 갱단이 그녀의 목에 어마어마한 현상금을 걸었고, 그 덕분에 그녀는 곧바로 멕시코를 떠야 했다. 하지만 그녀는 유유히 멕시코를 빠져나갔다.

타고난 변장술을 이용해 자신에게 해가 되는 마음을 품은 브로커를 귀신같이 알아채며 모든 위협에서 벗어났다.

과테말라 파나마, 베네수엘라를 거쳐 아프리카에 도착한 그녀는 바로 용병 일을 시작했다. 그녀는 괴물이었다. 아프리카에서도 지역 반군을 상대하며 용병 조직을 3년 만에 휘어잡았고, 힘없는 사람들에게는 발키리보다 든든했고, 반군에게는 루시퍼보다 무서운 악마로 군림했다. 그렇게 아프리카에서 오랫동안 군림한 그녀에게 의뢰가 들어온 건 얼마 전이었다. 시리아로 가서 지역 반군을 상대해 달라는 믿을 만한 브로커를 통해 그녀는 잠시 고민하다가, 이곳으로 넘어왔다.

아프리카도 지옥이었지만, 이곳도 지옥이었다.

벨은 이곳에 와서 딱 이런 생각을 했다.

'내가 가는 곳이 지옥일까, 아니면 이 세상이 지옥인 걸까?'

멕시코.

그곳의 빈민가는 정말 말로는 설명할 수 없는 곳이었다. 악마가 자기가 사는 곳이 너무 심심해서 인세에 만든 놀이터가 아닌가 싶을 정도로 그곳은 정말 처절한 곳이었다. 힘없는 약자에게는 도저히 살아남을 수 없는 곳이었다.

폭행 사건 정도는 그냥 애교다. 총과 마약이 판을 치고, 인신매매, 장기밀매, 납치 후 강간, 그다음엔 사창가에 팔아넘기고 끝까지 고혈을 쥐어짜는 악마들이 사는 세상이 바로 멕시코의 빈민가였다.

벨은 자신이 사는 곳만 그런 줄 알았다.

그런데 세상으로 나오고 나니 그게 아니었다.

지옥은 많았다.

세계 곳곳에, 악마가 놀이터를 지어놨다.

시리아에서 처음 느낀 건 아프리카에서 느꼈던 감정과 아주 흡사했다. 죽여야 할 악마의 개들이 판을 치는 곳……. 극한의 성 불평등의 세상, 여성의 인권이라고는 조금도 찾아볼 수 없는 곳…….

그걸 보며 벨은 자신이 또 지옥에 들어왔다는 것을 알았다. 그래서 아주 신나게, 총 세 번의 작전으로 반군 이백 정도를 잡았다. 그리고 안가에서 기다리는데 급한 의뢰가 들어왔다. 급히 정해준 지역으로 이동해 자신들 말고 따로 더 작전을 수행 중인 팀을 구해달라는 의뢰였다.

"유릭."

"왜?"

"얼마나 남았지?"

"한 시간 정도?"

흠… 한 시간이라.

대답을 들은 벨은 시간을 보며 중얼거렸다.

벌써 교전이 일어났을 테니 그때까지 그곳에 고립된 팀이 살아 있을지 의문이었다. 그리고 그 의문은 그녀의 동료들도 가지고 있었다.

"벨. 지금 가봐야 늦지 않았을까?"

용병단 동료 스미스의 말에 벨은 잠시 고민 끝에 답을 내놓았다.

"최소한 여기서 활동시키려고 블랙마켓에서 고용한 팀일 테니 쉽게 죽진 않겠지."

"하지만 교전이 벌어진 지 벌써 네 시간이나 지났다고. 이 시간이면 양단간에 승패가 나왔을 것 같은데?"

"그랬을 수도 있지. 근데 블랙마켓에서 따로 말이 없는 걸 보면… 아직일 거야."

벨의 말에 스미스는 잠시 고민하다 고개를 끄덕였다. 다른 사람도 아닌 벨이 하는 말이었기 때문이었다.

그는 사십 대 중반이지만, 이제 고작 스물 후반인 벨을 전적으로 신임했다. 프랑스 외인부대 출신인 그가 보기에 벨은 전쟁의 여신이었다.

아테나(Athena).

그리스 신화에 나오는 올림포스 12신 중 하나이면서 지혜, 전쟁, 기술, 직물, 요리, 도기 등을 관장하는 여신이다.

벨이 딱 그랬다.

그녀는 정말 매 순간 지혜로웠으며, 기술과 요리도 수준급이었다. 하지만 그녀가 가장 빛날 때는 당연히 총을 들었을 때였다. 총을 든 그녀는 빛나기도 했지만, 무섭고, 두려웠다. 스미스가 보기에 그녀는 절대 전문적인 군사훈련을 받은 게 아니었다. 그런데 그녀는 그 어떤 특전사 요원보다 무서웠다.

고양이처럼 몸을 웅크리고, 소리도 없이 걷는 건 그냥 넘어갈 수 있었다. 하지만 적이 튀어나왔을 때 방아쇠를 당겨 대가리를 단방에 갈기는 모습을 보면 정말 소름이 끼쳤다. 한 번은 우연이지만, 나오는 족족, 보이는 족족 한 방에 한 번씩 대가리를 뚫어버리는 건 절대로 우연이 아니었다.

그리고 이럴 때의 벨은 정말로 무서웠다.

착 가라앉은 눈빛으로 지시를 내릴 때의 카리스마는 가히 압도적이기도 했다. 그 어떤 지휘관도 스미스에게 그런 감정을 들게 만들지 못했었다. 그런데 여성의 몸으로, 심지어 나이도 한참이나 어린 벨은 진심으로 고개를 숙이게 만들었다. 그때부터였다. 벨의 옆에 딱 붙어 그녀를 보좌한 게. 전투적인 기술과 지식을 흡수하는 속도는 그냥 애교고, 그걸 실전에 바로바로 적용하는 감각은… 그냥 말문이 막히게 했다.

그런 벨이 하는 말이다.

그러니 그들은 분명 살아남아 있을 것이다.

"어떤 인간들일 것 같소?"

"음… 적어도 우리랑 비슷한 정도? 블랙마켓이 어설픈 뜨내기들을 고용했을 리는 없으니까."

"흠… 그럼 몇 팀 안 나오겠소."

"짐작 가는 팀 있어?"

"한 팀 정도는 있소. 나랑 안면도 있고."

"누구?"

"로건."

"로건? 아아……. 벵겔라에서 만났던?"

"……."

스미스가 고개를 끄덕이자 벨은 피식 웃었다. 그리곤 담배를 하나 꺼내 입에 물어 불을 붙이고는 여유 가득한 목소리로 다시 말문을 열었다.

"그럼 더더욱 쉽게 죽었을 리는 없겠네."

"그럴 거요. 레인저 놈들이 산에서 죽으면 대대손손 놀림받을 테니까."

"후후, 그런가? 이제 슬슬 자둬라. 슬슬 작전 시간이다."

"알겠소."

벨의 말에 스미스는 바로 몸을 다시 기대고 눈을 감았다. 곧 있으면 작전이니 잘 수 있으면 최대한 자두는 게 최고였다. 이 또한 자신이 벨에게 가르친 것이다. 벨의 말에 둘의 대화를 듣고 있던 동료들이 제각각 자세를 잡고 잠을 청하기 시작했다. 그리고 물론 그중에는 벨, 그녀도 있었다. 그렇게 용병 열둘을 태운 트럭은 블랙마켓이 보내준 좌표로, 열심히 달려가고 있었다.

＊　　　＊　　　＊

푹! 서걱!

지영은 옆에서 달려들던 놈의 팔을 잡아당겨 반대쪽 목, 그리고 겨드랑이 아래에 칼을 쑤셔 박은 다음 그대로 쭉 당겼다.

"끄으……!"

불로 지지는 격통에 놈이 눈을 부릅떴지만 지영은 그걸 보며 오히려 웃었다.

"달빛이 참 밝아. 그치?"

"알라……."

서걱!

지영은 개소리를 더 지껄이기 전에 목을 쭉 그어버렸다. 솟구친 피가 얼굴로 후두둑 떨어졌지만 지영은 오히려 웃었다. 그리고 그대로 주변을 둘러봤다. 반군 스물 가까이가 지영의 주변을 둘러싸고 있었다. 하지만 아무도 함부로 덤벼들지 못했다. 지영의 발밑에 깔린 시체가 벌써 열이 넘었다. 이놈들 모두가 칼을 들고 달려들다가 역으로 지영의 칼에 몸이며 심장이며 찔리고 갈려 죽어 나자빠졌다.

지영을 홀로 몰아넣었다고 좋아하며 달려들다가, 모조리 고혼이 됐다. 그 뒤부터 조심스럽게 달려들었지만 결과는 마찬가지였다. 달빛을 밝아 불길하게 번들거리는 붉은 눈동자에, 온몸에 피 칠갑을 하고도 소름끼치는 웃음을 짓고 있는 지영은 밤의 마력이 더해져 압도적인 존재감을 내뿜고 있었다.

"니들은… 그래서 안 돼. 율법? 그딴 개 같은 소리가 밥을 먹여줘, 잠을 재워줘?"

지영은 그렇게 중얼거리며 씩 웃었다.

지영을 발견했을 때, 그때 그냥 총으로 갈겼으면 지영은 이미 죽었다. 하지만 이 작전을 지휘하는 놈은 지영은 물론 팀원 전부를 칼로 난도질해서 화풀이를 하고 싶었던 것 같았다. 그래서 초기에 총기를 들고 오다가, 그걸 전부 내려놓고 왔다. 쓰지 않는 총은 무겁기만 하니 당연한 선택이었을 거다.

그리고 솔직히 그게 불만인 놈도 있었을 거다.

하지만 이 새끼들에게 율법이란, 목숨보다 위에 있는 지험한 말씀이다. 그래서 위에서 결정 난 순간, 육탄전으로 이미 결정이 난 거다. 물론 충분히 자신했을 것이다. 절벽을 품은 산으로 몰아넣었으니 이백이면 충분히 난도질을 칠 수 있을 거라고 생각했을 거다. 그러나 그건 잘못 생각해도 한참 잘못한 생각한 거다.

"끄아악……."

바람결에 비명이 들려왔다.

딱 들어도 사내의 비명인데, 딱 봐도 정순철의 비명은 아니었다.

그렇다면 지금 이 순간에도 산이 품은 어둠 속에서 지영의 팀원이 개새끼들의 목숨을 빼앗고 있다는 소리였다.

일당백.

스페셜리스트.

지영의 팀 개개인을 설명할 때 가장 알맞은 단어였다. 이백이나 된다고 달려들어 어떻게 할 수 있는 수준이었으면 애초에 이런 곳에 와서, 이렇게 소수로 처절한 복수를 계획하지도 않았을 것이다.

"으아……!"

한 놈이 다시 달려들었다.

지영은 칼을 피하고 그대로 목깃을 잡아챘다. 쭉 끌려오는 상체, 놈의 눈빛에 담긴 두려움을 지영은 똑똑히 확인했다. 이제 고작 열아홉? 스물 정도밖에 안 된 놈 같지만 그렇다고 봐주고 싶은 생각은 조금도 없었다.

"너도 충분히 죽였잖아. 너보다 더 어린애들을."

푹! 푹푹!

역수로 쥔 칼날이 놈의 멱을 뚫고 들어갔다가, 그대로 다시 뒷목에 두 번이나 박혔다가 빠져나왔다. 아직 숨은 붙어 있었다. 하지만 꼴깍꼴깍하는 걸 보니 오래는 못 갈 것 같았다. 사지에 힘도 풀리고 있어 이놈은 방패로도 쓸 수 없었다. 그래서 지영은 머리채를 잡은 뒤, 그대로 쓰레기 버리듯 옆으로 던졌다. 제 몸이 절벽으로 떨어지는데도 놈은 비명 한 번 지르지 못했다.

그런 지영에게 다시 한 놈이 욱해서 달려들었지만, 똑같은 전철을 밟을 뿐이었다.

솨아아…….

구름이 걷히고, 달빛이 지상으로 강림했다. 숲에서 시작된 달빛은 천천히 지영을 향해 다가왔다. 마치 영화 같았다. 그래픽으로 만든 장면이 아닐까 싶을 정도로 신비로운 광경이었지만 막상 지영에게 달빛이 딱 집중되자, 신비로움은 그 순간 날아갔다. 볼에서, 손에서, 옷에서 뚝뚝 떨어지는 피는 애교였다.

무심하게 가라앉은 눈빛, 그러나 한쪽만 슬쩍 올라가 있는 입꼬리와 피에 젖은 붉은 눈빛은 희대의 살인마도 감히 눈을 못 마주칠 정도로 소름이 끼쳤다. 그런 지영이 다시 입을 열었다.

"왜, 그 좋던 기세는 어디 가고… 눈알들만 데굴데굴 굴리실까?"

"……."

"……."

지영은 웃었다.

"이제 좀, 겁나?"

한국어가 아닌 아랍어로 물었다.

그러자 놈들의 눈에 다시금 분노가 치고 올라왔다. 하지만 지영은 오히려 더욱 진한 미소를 입에 그렸다. 잠깐 지영의 말에 정신을 팔려서 그런지, 이놈들은 여전히 파악을 못 하고 있었다.

자신들의 뒤에… 피가 뚝뚝 떨어지는 칼 두 자루를 쥔 살육의 천사가 유령처럼, 소리 소문 없이 등장했음을 말이다.

성수정.

그 옛날, 전란에 휩싸이면 항상 고초를 겪는 민초들을 보다 못해 스스로를 지킬 수 있게 만든 월영(月影)에서 무예를 전수받은 특수 요원이다. 얘기를 들어보니 당시 지영의 사후부터 지금까지 쭉 명맥을 이어왔고, 1900년대 초 을사늑약(乙巳勒約)이후 조정과 연계해 나라를 위해 어둠 속에서 일했다고 들었다. 이후 해방된 직후 6,25전쟁으로 월영은 반토막 났고, 이후 남은 반은 정부와 함께함으로써 명맥을 이어왔다고 했다. 이들의 주된 임무는 하나였다. 국정원도 하지 못하는… 아주 은밀한 일. 특히 일본과 북한, 중국에 연관된 일을 수행하는 게 월영에서 배운 이들의 숙명이었다.

성수정도 그랬다.

정확하게 스무 살이 된 이후, 그녀는 중국과 일본을 넘나들며 첩보전을 펼쳤다. 국정원 특채? 그건 그녀가 6년의 세월을 첩보 요원으로 활동한 이후, 신분이 드러났기 때문에 어쩔 수 없이 들어갔던 거였다.

그리고 그러한 사실은 오직 그녀와 월영, 그리고 월영과 손을 잡은 회사 상층부 인사만이 알고 있던 사실이었다. 이게 정순철 또한 몰랐던 그녀의 진짜 정체였다. 그래서 실제로 실전 경험이 없을 거라는 예상과는 달리, 그녀는 경험이 차고 넘쳤다.

특히 타드몰에서 오랜만에 술을 마셨을 때, 각자가 가장 힘들었던 상황을 취기에 얘기한 적이 있었다. 그때 성수정은 이렇게 얘기했었다. 오사카의 한 일식집에서, 야쿠자 서른을 상대한 게 제일 힘들었다고. 총이 아닌 사시미 칼과 일본도를 들고 달려들던 지역 야쿠자들과 싸울 때는 정말 죽을 뻔했었다고.

하지만 성수정은 저렇게, 갱단의 뒤로 기척도 없이 다가와 서 있었다. 그건 곧 그곳에서 탈출을 했든, 아니면 야쿠자들을 전부 죽였든, 둘 중 하나였다. 그런 그녀가 지금 뒤에 서 있었다. 조용히, 아주 무심한 눈빛으로, 지영과 비교해 조금도 꿀리지 않을 피 칠갑을 한 채, 달빛을 받으며 서 있었다.

지영은 피식, 실소를 흘렸다.

정말 기척도 없이 스윽 하고 나타났다. 지영도 보면서 유령이 다가오나 싶었을 정도였다. 손에 든 두 자루의 칼. 지영의 팀이 쓰는 나이프가 아닌 반군이 들고 온 만월도였다. 피가 뚝뚝 떨어지는 무슨 B급 스릴러 영화의 한 장면을 연상시켰지만 이는 영화가 아니었다. 현실이었다.

달빛 아래 어딘가에서 실제로 벌어지고 있는, 현실이었다.

스윽.

칼을 휙! 하고 허공으로 던진 성수정이 드디어 움직였다. 사악, 사악 최대한 소리를 죽이고, 반군의 등 뒤로 이동한 그녀의 손엔 어느새 대검 한 자루가 쥐어져 있었다.

푹!

서걱!

목덜미를 찍고, 그대로 쭉 그어 당기자 피가 확 솟구쳤다. 아마 놈은 어? 하는 정도의 생각밖에 못 했을 것이다.

"뭐, 뭐야!"

놀란 반군이 성수정 쪽으로 시선을 돌렸을 때, 지영도 정반대 방향으로 달려 나갔다. 그사이 성수정은 이미 다른 반군 하나의 목을 가르고 있었고, 지영은 끝에 있는 반군을 덮쳤다.

쉭!

쉬익!

놀란 반군이 칼을 마구잡이로 휘둘렀지만 그걸 맞아줄 지영이 아니었다. 상체만 비틀어 피한 뒤 턱! 손목을 잡고 그대로 허벅지에 대검을 손잡이만 남기고 깊게 쑤셔 박았다.

푹!

"끄악……!"

대동맥이 지나갈 자리라 이 정도 깊이면 마무리를 안 해도 거의 무조건 죽는다. 하지만 지영은 이번만큼은 자비로웠다.

서걱!

대검을 목에 대고 쭉 긋자, 살이 하얗게 양옆으로 벌어졌다. 하지만 곧 붉게 물들더니, 피를 분수처럼 쭉쭉 뿜어냈다.

"으아!"

괴성과 함께 칼 한 자루가 머리로 뚝 떨어져 내렸다. 공포에 이미 잠식된 상황이라 눈도 하얗게 뒤집혀 있었다. 지영은 이번에도 상체를 비틀면서 몸을 돌렸다. 그런데 순간 하체에 힘이 풀리면서 몸이 휘청거렸다.

핏!

칼끝이 어깨를 스치고 지나가면서 통증이 스멀스멀 기어올라왔다.

'하긴……'

오래 싸우기도 했다.

저녁 해가 지고, 어둠이 찾아온 시간부터 싸우기 시작했으니 족히 다섯 시간은 넘었다. 그 시간 전부를 싸운 건 당연히 아니지만 긴장감을 유지하느라 정신적으로도 지쳤다. 몸도 마찬가지였다. 산을 탔다가, 내렸다가를 반복하면서 체력도 많이 떨어졌다. 중간에 계속 에너지바를 먹으며 체력을 충전하긴 했지만 에너지가 차는 것보다 빠지는 게 훨씬 더 컸다.

쉬익!

손을 뻗어 멱살을 잡은 지영은 그대로 당겨, 돌려 버렸다.

우드득!

목이 300도 가까이 돌아가면서 울린 소름끼치는 울림에 반군들이 멈칫했다. 하지만 지영은 멈추지 않았다. 체력이 떨어져 간다. 이런 경우는 최대한 여기를 빨리 정리하고 다른 곳으로 피하는 게 상책이었다.

쉭! 서걱! 푹푹!

다행히 성수정의 존재로 정리는 매우 빨랐다.

양쪽 끝에서 몰아쳐서 들어가니 반군은 우왕좌왕하다가 제대로 된 칼질 한번 못 해보고 몸 이곳저곳에 구멍이 송송 뚫린 채로 바닥에 쓰러졌다.

서걱! 우드득!

"후우……."

마지막 놈의 목을 가르고, 그대로 비틀어 버린 지영은 한숨을 내쉬고 몇 걸음 뒤로 물러났다. 최대한 빨리 정리하려는 마음 탓이었는지 허벅지, 옆구리가 살짝 갈라졌다. 그리고 그건 성수정도 마찬가지였다.

척하면 척이라고, 지영이 움직이는 걸 보고 어떤 생각인지 알아차린 그녀도 방어, 회피보단 공격에 집중했고, 지영처럼 허벅지와 옆구리에 작은 검상을 입었다.

"하… 지친다, 지쳐."

성수정이 피가 덕지덕지 묻은 손으로 머리를 쓸어 넘겼다. 손에서 올라오는 비릿한 피 냄새에 인상을 한번 찡그릴 법도 한데 그녀는 그런 것도 없었다. 호흡을 다듬은 지영은 일단 자리를 이탈했다. 다시 산속으로 들어간 지영은 넓적한 바위에 등을 기대고 앉았다. 앉자마자 슬금슬금 다시 기어 올라오는 통증에 지영은 인상을 찌푸렸다. 담배가 당겼다. 하지만 지금 담배를 태우면 주변에 숨어 있던 놈들이나, 광기에 물들어 지영을 찾고 있을 놈들에게 나 여기 있어요! 하고 광고하는 꼴밖에 안 된다.

결국 다시 에너지바와 물로 배를 채운 지영은 하늘을 올려다봤다.

피식.

웃음이 나왔다.

여긴 어디지?

하는 생각이 순간 불쑥 머리를 들었기 때문이었다.

극한상황 속에서 정신력이 슬슬 고갈되어 가니 의식이 멍해진 탓이었다.

'아… 정리하려고 왔지.'

쫏……

빌어먹을.

지영은 잇새로 혀를 찼다.

성전(聖戰).

고귀한 뜻으로 포장된 단어다.

'어디가 어떻게 거룩한데……?'

거룩한 사명을 띤 전쟁이라는 뜻도 가진 성전은 미친 광신도들이 자신들의 행위를 합리화시키기 위한 단어다. 지영이 살아나갔다는 사실 자체에 모욕감을 느낀 놈들이 지영을 타깃으로 잡고 수없이 성전이라는 개소리 아래 테러를 감행했고, 첫 제자들과 지인을 결국 잃었다.

'그걸 끝내러… 여기 왔지.'

언제고 자신이 아닌, 또 다른 사람이 다칠 수도 있었다.

강상만이나 임미정, 강지연이 될 수도 있었고, 은재나 송지원이 될 수도 있었다. 그래서 아예 이쪽 계파의 뿌리를 뽑아버릴 작정으로 이곳에 온 지영이다. 그리고 처음으로… 처절한 전투를 치르고 있었다.

그러다 보니 자신이 맞는 건지, 틀린 건지 갑자기 헷갈리기 시작했다. 지영답지 않은 감정 기복이지만 이는 '인간'이라면 지극히 당연한 기복이었다. 그런 지영의 마음을 알았는지 달빛이 또 쫓아왔다.

부슝……!

그리고 얼른 물러나라는 것처럼 산 정상에서 둔중한 총성이 울렸다. 거리가 멀지 않은 걸 보니 안젤라가 확실했다. 그녀는 계속해서 위치를 옮기면서 끈질기게 반군의 대가리를 착실히 터뜨렸다.

눈에 띄는 순간, 픽! 하고 수박처럼 머리나 가슴이 터져 나갔다.

부슝!

그리고 다시 한번의 총성, 이건 정순철의 총성이었다. 전투하는 시간이 길어지다 보니 이상하게 두 사람의 총성이 분별이 되기 시작한 지영이었다.

"아… 이백이 참 많긴 많은 숫자구나. 그렇게 죽였는데 아직도 있는 걸 보니."

성수정의 말에 지영은 피식 웃었다.

산을 배회하면서 막무가내로 죽이러 다닌 건 아니었다. 몸을 숨기고 있다가 딱 보이는 놈들만 잡다 보니 시간이 오래 걸렸을 뿐이었다.

"그래도 슬슬 끝이 보일 것 같은데?"

"그렇겠지. 얼마나 잡았어?"

어느 순간 서로 편해진 대화. 두 사람 다 당연히 신경 쓰지 않았다. 이런 상황에 존대니 반말이니 따지는 것 자체가 웃기는 일이니 말이다. 지영은 성수정의 말에 잠시 생각하다가 고개를 저었다.

"한 스물까지는 셌던 것 같은데… 그 이후부터는 잘 모르겠네."

"나도, 후후. 그래도 난 대충은 알겠어. 한 서른 정도?"

"나도 아마 그 정도 되겠네. 좀 전까지 잡은 놈들까지 합치면."

"그럼 유리나 팀장님, 안젤라도 있으니까 거의 다 잡긴 잡았네. 이야… 우리가 대단하긴 대단하다. 고작 다섯으로 저 많은 놈들을 잡았으니. 후후."

"……"

성수정의 말에 지영은 말없이 고개를 끄덕였다. 정말 다섯 명에서, 이백에 가까운 놈들을 상대했다. 물론 정상적인 전투라면 절대로 있을 수 없는 일이지만 놈들이 그 병신 같은 율법을 내세워 육탄전을 고수했고, 상황이 지영의 팀에게 극적으로 유리하게 흘러갔다.

병신 같은 짓거리였다.

대가리가 어떤 새끼인지 한번 잡아서 골을 열어 보고 싶을 정도로 멍청한 선택이었다. 결과는 거의 나왔다.

지영에게는 아름다웠고, 이 작전을 지휘한 놈에게는 처절할 결과는 이미 거의 다 나온 상태였다.

"이걸 누구한테 말하면 믿어줄까?"

"설마."

"훗, 그렇지?"

성수정은 피에 젖어 이마에 착 달라붙은 머리카락들을 정리해 뒤로 넘기고는 물을 마시고, 바위에 다시 등을 기댔다. 사위는 조용했다. 마치 마지막 피날레를 위해 숨을 죽이고 있는 것 같았다.

지영은 일단 체력을 회복하기 전엔 움직이지 않을 생각이었다.

'어차피 급할 건 없으니까…….'

해가 뜨면, 그때 마무리하면 된다.

지영은 가방에서 의료용 스테이플러를 꺼내 벌어진 상처에 소독약을 뿌리고 살을 당겨 찍었다. 소독약과 살을 당겨 강제로 찍어버렸으니 이를 절로 꽉 깨물게 하는 격통이 올라왔다. 하지만 처치를 끝낸 지영은 오히려 웃었다.

고통.

'살아남아야만 느낄 수 있지.'

"후우."

한숨을 내쉰 지영은 자신과 비슷하게 상처를 입은 성수정에게도 똑같이 처치를 하곤, 다시 바위에 등을 기댔다.

그리고 딱 그때 치익, 하는 소리가 울렸다.

—산 아래 차량 불빛 발견, 두 대로 예상.

차량?

이 새벽에 갑자기?

지영은 무전기를 꺼내 바로 답을 날렸다.

치익.

"지켜보기만 해요."

—위.

이 상황에 적의 원군이 더 왔으면 그리 아름다운 상황은 아니었다. 하지만 잠시 뒤 배낭에서 우웅, 우웅, 위성폰이 울기 시작했다. 지영은 잠시 멈칫했으나 이 번호를 아는 사람은 김지혜와 임수민밖에 없다는 걸 알고는 바로 꺼내서 받았다.

"네."

—구출조가 도착했다는 보고예요.

"알았어요."

—긴 시간… 고생했습니다, 사장님.

살짝 떨리는 목소리. 지영은 김지혜의 이런 목소리는 처음 들어봐 나름 신선했다. 뚝, 전화를 끊은 지영은 다시 무전을 들었다.

치익.

"구출조라네요. 모두 현 위치서 대기해요."

치익, 치지직.

성수정을 뺀 도합 네 개의 대답을 들으면서 지영은 담배 생각이 간절했지만 아직 모두 소탕한 건 아니어서 일단 참았다. 잠시 기다리자 공용 채널에서 무전이 다시 들려왔다.

치익.

ㅡ여기는 구출 팀이다. 지금부터 진입한다. 위에 있는 출장 팀은 모두 산 정상으로 이동해 움직이지 않길 바란다. 오래 걸리지 않을 거다.

무난한 영어로 들려온 무전에 지영은 다시 무전기를 들었다.

치익.

"여기는 출장 팀이다. 모두 정상에 있다. 진입 시작해도 좋다."

ㅡ라져.

뚝, 무전이 끊기는 순간에야 지영은 안도의 한숨을 내쉬었다. 이제야 길고 길었던 전투의 끝이 보였다. 저 멀리, 동이 트는 게 어렴풋이 보였다. 새까맣던 어둠이 물러가고, 빛이 그 자리를 대신 메꿀 시간이었다. 그렇게 1시간쯤 지나 환한 새벽이 왔을 때쯤 다시 무전이 들려왔다. 소탕 작전이 끝났다는 내용이었고, 지영은 담배를 하나 꺼내 입에 물었다. 이제는 좀, 쉬어도 될 때였다.

외로웠던 작전은, 이렇게 마무리가 됐다.

Chapter102
당한 만큼 갚아줘야겠지?

치익.

"후우……."

벨은 담배 연기를 뿜으며 산 정상을 올려다봤다. 산에 도착해 곧바로 무전을 날리고, 진압 작전을 시작했다. 그런데 사실말이 진압 작전이지 벨 팀이 한 건 거의 없었다. 벨은 산에 발을 들이는 순간 알 수 있었다. 지독한 죽음의 냄새. 아프리카에서 맡았던 것만큼, 벨 팀이 작정하고 반군 소탕 작전을 진행한 것만큼 짙은 죽음의 향이 느껴졌다.

"후우… 고작 다섯이서, 이백을 상대했는데 이 정도야?"

"올라가서 보니까 이놈들 아프리카 반군처럼 칼로 난도질할 예정이었던 것 같습니다."

"아무래도 그게 효과가 좋으니까."

광기를 가장 효과적으로 풀 수 있는 게 바로 살아 있는 몸뚱이를 칼로 난도질하는 거다. 이놈들은 그게 무슨 신성한 의식인 것처럼 행한다. 아프리카로 넘어갔을 당시 벨도 지긋지긋하게 겪었던 게 바로 그런 신성함의 탈을 뒤집어쓴 잔인함이었다.

"하지만 그래도 다섯이서 이백을 상대하는 건 쉽지 않아. 왜 겪어봤잖아? 벵겔라 작전 때."

"그때 정말 죽을 뻔했죠."

운전수 유릭이 고개를 절레절레 저었다.

운전이 특기긴 하지만 비상시 반군의 이마를 확실히 뚫어 줄 실력 또한 갖추고 있는 그다. 당연히 벨의 작전은 항상 유릭과 함께하며, 그랬기 때문에 용병단 중에서 가장 많이 위험에 빠졌던 것도 유릭이었다. 벵겔라 작전은 적진에 고립되어 아군의 구출 부대가 오기 전까지, 약 오십의 용병단이 오백에 가까운 적과 정확히 30시간 가까이 치열하게 싸웠던 전투를 말했다. 그때 유릭은 정말 죽다 살았다.

어깨, 허벅지에 탄이 한 발씩 박혔고, 알라의 요술봉 파편이 머리에 박혀 5시간에 가까운 수술까지 받았었다. 하지만

수술이나 이런 것보다, 포위되었을 때의 압박감이, 공포감이
진짜 사람을 미치게 했었다.

"당시 우리는 그래도 믿고 의지할 동료들이 근처에 전부 있
었잖아. 근데 이들은? 다섯이다, 고작 다섯. 한데 뭉쳐 있었으
면 벌써 다 죽었겠지. 그러니 분명 따로 흩어져서 각자 싸웠
다는 소린데… 이야. 대단하네. 누군지 몰라도 한번 만나보고
싶을 정도야."

"로건 말입니까?"

유릭의 되물음에 벨은 단박에 고개를 저었다.

"아니, 저 산 위에 있는 자들 절대로 로건 팀이 아니야."

"네? 아닙니까?"

"응, 아니야. 절대로 아니야."

벨의 확신에 찬 말에 유릭은 고개를 저었다. 블랙마켓에서
확실히 누구를 구하라는 말은 없었지만 스미스와 벨은 이쪽
지방이 산악 지대가 많아 분명 로건 팀일 거라고 말했었다.
그런데 지금은 아니라고 하니 어안이 벙벙했다.

피식.

벨은 그런 유릭을 보고 웃었다.

"산에 안 올라가 봤지?"

"네, 뭐. 밑에서 대기했습니다."

"올라가 보면 바로 알걸?"

고개를 갸웃한 유릭이지만 올라갈 생각은 없었다.

산 위에서부터 바람이 불어와 이미 진득한 피 냄새가 밀려왔다. 안 올라가 봐도 저 산속은 피로 얼룩져 있을 게 분명했고, 유릭은 그걸 굳이 확인할 생각이 없었다.

"그런 귀찮음이 언젠가 널 죽일 거다."

"하하, 벨이 지켜주면 되지 않습니까?"

"내가 니 보모냐?"

"그럼 제가 알아서 옆에 착 붙어 있겠습니다. 근데 위가 뭐 어떤데 그런 겁니까?"

쯔쯔, 혀를 찬 벨이 다시 말을 이었다.

"시체가 전부 제각각이야. 스미스가 알려준 레인저가 저 위에 있었으면 총상은 몰라도 시체에 남은 상흔이 비슷했어야 돼. 그런데 전부 달라. 찌르고 긋고, 이 방식이 다르단 말이야. 게다가 총상도 웃기지. 레인저같이 은밀히 움직이는 놈들이 대물 저격총을 들고 다니겠어? 그 무거운 놈을?"

"그거야……."

그럴 리가 없음을 유릭은 잘 알았다.

레인저의 무서움은 은밀함에 있었다. 나무, 땅, 수풀 등을 이용한 위장, 은폐와 엄폐에서 그 진가가 드러난다. 그런데 대물 바렛을 들고 저격을 했다? 유릭이 보기에도 그건 아니었다. 미군 출신인지라 그건 확실했다.

반군의 것을 뺏어서 갈겼을 수도 있지만 반군은 애초에 육탄전을 선택했다. 그러니 그 가정도 맞지 않았다.

"어쨌든, 스미스도 같은 의견이었어."

"아… 그렇군요. 그럼 우리, 로건 팀 말고 다른 팀이 더 있다는 소리겠네요?"

"그런 거지. 맞다. 마켓에서 연락은?"

"좀 전까지는 없었습니다. 확인해 볼까요?"

"해봐."

벨의 말에 차로 돌아가 태블릿으로 메일을 확인한 유릭은 그걸 들고 얼른 달려왔다.

"왔습니다!"

"줘봐."

벨은 태블릿을 휙 낚아채 바로 내용을 확인했다.

내용은 간단했다.

전용 계좌로 돈이 입금됐다는 소식과, 로건 팀이 아직 고립되어 있으니 지금 바로 보내주는 좌표로 이동해 달라는 내용이었다. 벨은 주저 없이 무전기를 들었다.

치익.

"벨이다. 다른 팀 하나가 더 고립되어 있다. 우린 이대로 그쪽으로 이동, 구조 작전을 진행한다."

치익.

─알겠소.

스미스의 대답이 들려오자 벨은 태블릿을 넘기고 산 정상을 바라봤다. 공용 무전이니 아마 벨의 말을 저들도 들었을 것이다. 솔직히 누군지 궁금했다. 대체 어떤 인간들이기에 그 정도 인원으로 스무 명 정도를 제외한 남은 사람들을 처리할 수 있었는지. 아무리 칼을 들고 덤볐다고는 하지만… 그게 너무나 궁금했다.

하지만 벨은 궁금증은, 그냥 궁금증으로 남겨둘 줄 아는 인간이었다. 잠시 뒤 용병 팀이 전부 내려와 차에 올라탔다.

그러자 치익, 하고 무전이 들어왔다.

─구출에 감사한다.

"감사는 무슨, 어차피 돈 받고 하는 일인데. 그럼, 신의 가호가 함께하기를."

─신은 믿지 않지만, 은총은 받아들이지. 그대에게도 여신의 은총이 함께하기를.

피식.

여신의 은총이라, 스미스가 말하기를 자신이 아테나와 너무 흡사하다 했으니, 나쁘지 않은 인사였다. 벨은 그대로 차에 올랐다. 그녀가 올라타자 육중한 험비 두 대가 우릉! 부르릉! 거친 엔진음을 토해내기 시작했다. 그리곤 곧 바닥을 파헤치며 다시 북쪽으로 내달리기 시작했다. 그런 그들이 점처럼 보일 거리로 떠나고 나자, 다시 저 멀리서 대기하고 있던 험비 한 대가 산 아래로 다가왔다. 멀리서 대기하고 있던, 김지혜였다.

*   *   *

김지혜가 운전하는 험비를 타고 지영은 레바논과 이스라엘 국경 근처의 쿠네이트라 안가에 도착했다. 지영의 일행은 도착하자마자 바로 김지혜를 통해 치료를 받았다. 안젤라를 제외한 전원이 자잘한 상처를 입고 있었지만 다행히 목숨에 영향을 줄 치명상을 입은 팀원은 없었다. 가장 큰 부상을 입은 게 유리였다.

짧은 총격전 끝에 칼을 쥐고 움직인 그녀는 등과 옆구리에 제법 굵직한 상처를 입었지만 응급처치를 적절히 잘한 턱에 지금은 움직여도 될 정도로 김지혜가 외상을 수습한 상태였다.

"괜찮아요? 열이 나거나 그러진 않죠?"

"…네."

김지혜의 물음에 유리는 침대에 누워 고개를 끄덕였다. 지영은 그걸 보면서 이 팀은 정말 다재다능한 인원들이 모여 있다는 생각이 들었다. 각자 특기는 말할 것도 없고, 비전투 팀원인 김지혜는 온갖 전자 기기와 해킹에도 일가견이 있었다.

하지만 더 특별한 건 바로 그녀가 소지한 의사 면허였다.

그녀는 외상 쪽으로 나가면 전문의 정도는 할 수 있는 지식을 쌓고 있었다. 물론 실전은 다르지만 팀원들의 부상이 개복을 한 뒤에 치료할 만한 심각한 부상들이 아니라 김지혜 혼자 충분히 처치가 가능했다.

"약은 꼬박꼬박 먹어요. 그리고 술, 담배는 안 돼요!"

"안 먹어요……."

"아까 몰래 맥주 마시면서 담배 피는 거 봤거든요?"

"……."

찔끔, 김지혜의 서슬 퍼런 말에 유리는 깨갱 하곤 고개를 슬그머니 돌렸다. 원래 말수와 감정 표현이 적은 유리라 신선하긴 했지만, 지영은 그쯤에서 말려주기로 했다.

"지혜 씨."

"네, 사장님."

"아, 그 사장 소리 좀……."

"그럼 대장이라고 부를까요? 아니면 캡틴이나."

캡틴……?

으으, 생각만 해도 몸이 가려웠다.

"그냥 사장이라고 불러요. 그보다 다른 팀들은 어떻게 됐어요?"

"아직 연락 들어온 건 없습니다."

"후……."

지영은 약 기운에 몽롱해진 머리를 한숨과 함께 털었다. 솔직히 말해 쉬고 싶지만 지금은 아직 그럴 때가 아니었다. 로건 팀을 구하러 간 벨 팀, 그들을 통해 아직 마켓에서 온 연락이 없었다.

지영은 그래도 최소한의 인의는 알았다.

이번 의뢰를 전적으로 마켓의 정보를 통했다고 해도, 자신이 직접 넣은 의뢰였다. 그런 의뢰였는데 팀 하나가 아예 함정에 빠져 버렸으니 마음이 편치 않았다. 다른 팀원들도 마찬가지였다. 가장 부상이 적은 정순철은 이미 상황 스크린 앞에 앉아 있었고, 나머지들도 각자 소파에 앉아 연락을 기다리고 있었다. 지영은 시간을 확인했다. 시간은 오전 11가 다 되어가고 있었다. 지영이 산에서 내려온 시간이 새벽 5시가 좀 넘었을 때였으니까, 이제 6시간이 지났다. 6시간이면 충분히 결과가 나올 만한 시간이었다.

치익.

"후우……."

안젤라의 입에서 올라간 연기가 환풍기에 빨려서 사라졌다. 지영도 욱신거리는 왼손으로 담배를 꺼내 입에 물었다. 텁텁하고, 아직도 피 냄새가 빠지지 않아 오히려 담배 냄새가더 향긋하게 다가왔다.

"점심을 준비할까요?"

김지혜의 질문에 지영은 고개를 저으려다가 멈칫했다. 체력이 많이 빠진 상태였다. 이럴 때는 솔직히 먹고, 쉬는 게 체력을 올리기 더욱 좋았다. 이미 꽤나 먼 거리를 왔기 때문에 구하러 가는 건 힘들겠지만 얼른 회복하고, 최악의 경우가 나온다면 바로 복수를 하러 갈 수도 있었다.

그러려면, 지금 최대한 잘 먹고 잘 쉬어둬야 했다.

"부탁할게요."

"네."

지영의 말에 김지혜가 주방으로 들어가자 정순철과 안젤라, 유리, 성수정이 지영을 향해 싱긋 웃었다. 지영의 선택이 맞았다는 걸 보여주는 웃음들이었다.

"후우……."

연기가 꾸물꾸물 기어 올라갔다.

여럿이서 피고 있었지만 워낙에 환풍기가 좋아 그리 냄새가 나진 않았다. 그렇게 담배 하나를 다 태우고 재떨이에 비벼 끄던 순간이었다.

"지영 씨."

"네?"

정순철의 부름에 지영이 고개를 돌리자 그는 씩 웃으며 말을 이었다.

"연락 왔습니다. 사망자 셋이 있지만 로건 팀 구출 완료했답니다."

"후……."

셋이 죽었단다.

하지만 그래도 이 정도면 다행이었다. 지영이 있는 후방에만 이백이 남아 있었다. 그럼 앞에는 몇이나 있었을지 감도 안 잡혔다. 지영은 그걸 최소 두 배는 봤다. 그 안에서도 살아 나왔으니 정말 다행이었다.

"다행이네요. 이제 식사하고, 마음 편히 쉬죠."

"그냥 쉬기만……?"

유리가 링거를 맞으며 누워 있던 상태에서 고개만 돌려 물었다. 지영을 바라보는 그녀의 눈빛은 평소의 무심한 눈빛과 비슷했지만 지영은 알 수 있었다. 그 눈빛에 담긴 분노를. 맹렬한 적의를.

그리고 그건 비단 그녀뿐만이 아니었다.

지영을 바라보고 있는 정순철, 안젤라, 성수정은 물론 식사를 준비하다 로건 팀이 무사하단 소식에 밖으로 나온 김지혜까지, 모두 비슷한 눈빛이었다.

피식.

그런 눈빛에 지영은 실없는 웃음을 흘렸다.

그냥 쉬기만 한다고?

한 대 얻어맞았으니까, 이대로 꼬리를 말고 숨어 있기만 한다고?

'설마… 미치지 않고서야……'

정말 지영이 머리가 어떻게 된 게 아니고서야… 그런 일은 없을 거다. 지영은 소파에 등을 기댔다. 그리곤 마치 혼자 다짐하듯, 조용히 중얼거렸다.

"한 대 맞았으니까… 두 대, 아니, 열 대는 때려줘야겠지? 어떻게 생각해요?"

지영이 그렇게 고개를 다시 들고 묻자, 다들 씩 웃는 걸로 대답을 대신했다. 이곳에 있는 것만 봐도 알 수 있듯이, 강지영은 은(恩)과 원(怨)은… 지독할 정도로 확실한 인간이었다.

사람은 해를 보고 살아야 한다.

일주일이 넘도록 안가에 처박혀 있었더니 슬슬 지영은 답답함을 느끼기 시작했다. 조명의 빛으로는 갑갑함이 가시질 않았다. 환기가 아무리 잘된다고 해도 안가는 지하였고, 발전기로 공기청정기를 풀로 돌리고 있지만 그래도 슬슬 짜증이 쌓여가고 있었다. 그리고 그건 비단 지영뿐만이 아니었다.

부상이 가장 심한 유리는 안가에 도착하고 3일이 지나자 슬슬 저기압이더니, 일주일이 지난 지금은 아예 한마디도 안하고 있었다. 부상 자체는 다 났는데, 특유의 성정이 슬슬 압박하고 있는 탓이었다.

근데 그것도 또 유리뿐만이 아니었다.

이곳에 와서 항상 싱글싱글하던 성수정과 넉살 좋던 정순철도 그랬고, 언제나 시크하고 위트 넘치던 안젤라도 날카로워진 상태였다.

이유?

맞아서였다.

그냥 맞은 것도 아니고 너무 제대로 맞아, 역으로 다 털어버리고 오긴 했지만 그래도 자존심이 많이 상한 상태였고, 그게 발산이 안 되자 자연스럽게 분위기는 축축 처지고 있었다. 하지만 다들 그걸 본인이 아닌 다른 이에게 발산하진 않았다. 안 그래도 적은 팀원인데 불화가 생기면 작전에 치명적인 요소로 작용한다는 걸 아주 잘 알기 때문이었다.

"후우."

지영은 한숨을 내쉬었다.

그런 팀원의 변화를 지영은 모두 지켜봤지만 마땅한 방책이 없었다. 임수민에게 따로 연락이 왔었다. 시리아 정부군은 물론, IS 전부가 나서서 지영을 찾고 있었기 때문이었다. 그래서 당분간은 꼼짝 할 수 있는 상태가 아니었다. 하지만 그래서 불만도 계속해서 쌓이고 있으니 어쩌면 그때 산에 포위됐던 때보다 훨씬 안 좋은 상황이었다.

지잉, 지잉.

임수민의 정규 연락에 지영은 폰을 들고 일어나 창고로 갔다. 창고라고 하지만 그냥 파티션 분리처럼 위는 뻥 뚫려 있는 방이었다.

"응."

—목소리가 쳐졌는데?

귀신같이 그걸 알아낸다.

하긴 뭐, 임수민이라면 기분이 처진 걸 알아내는 거야 목소리 톤만 듣고도 충분할 것이다.

"그냥, 지쳐서 그래."

—조용히 짱 박혀 있는 게?

피식.

짱 박혀 있다니…….

지영은 그냥 웃음으로 때웠다.

"밖에 상황은 어때? 아직도 시끄러워?"

—같지. 이번엔 독이 좀 올랐는지 작정하고 수색 중이야.

"쯔……."

지영은 혀를 찼다.

자신들의 영역에서 대놓고 전투를 벌여 시리아 정부도 뿔이 단단히 났고, 반대로 IS는 그렇게 함정을 파고도 아무런 소득을 올리지 못해 독이 잔뜩 올라 지영을 찾고 있었다. 지영이 혀를 차자 임수민은 한숨을 내쉬고는 말을 이었다.

─문제는 이놈들이 자꾸 엄한 사람들에게 손을 댄다는 거야.

그 말에 지영은 다시 인상을 잔뜩 찌푸렸다.

"엄한 사람? 아, 이 미친 새끼들 진짜……."

─영화에 나오는 게 사실 많이 미화된 거지. 알잖아, 이 새끼들. 수틀리면 마을 하나 쳐들어가서 끔찍한 일 벌이는 거. 알지, 왜 모르겠나.

이쪽 배경을 다룬 전쟁 영화를 보면 반군이 미군 등을 찾을 때 마을을 쳐들어가 아주 잔인한 짓을 한다. 이건 거의 모든 영화에 등장하는 기본 설정이나 다름없었다. 모르는 사람들은 미군을 미화하려고 IS를 매우 잔인하게 그린다고 하는데, 그건 정말 모르는 소리였다. 이 인간들은 오히려 영화보다 현실이 더 잔인하다는 걸 몸소 행하는, 정말 말로는 설명할 수 없는 족속들이었다.

지영이 답이 없자 임수민이 말을 이었다.

─근데 놈들이 왜 그러는지 알지? 다 지영이 너 끌어내리려고 하는 거야.

"후우. 알지, 너무 잘 알아 문제지."

─이번 삶은 성인군자 모드야? 아니잖아? 그러니까 좀 참고 넘어가자.

"그럴 생각이야."

굳이 그걸 말해놓고 참아 넘기라는 말은 좀 모순됐지만, 임수민은 지영에게 아무것도 숨기지 않겠다고 이미 약속했었다. 그래서 정확한 정보를 건네면서도 지영을 말리고 있었다.

　─그리고 그 사람보다, 니 사람부터 먼저 신경 써야 할걸.

　"내 사람? 무슨 일 있어?"

　지영의 짜증스럽던 눈빛이, 이번엔 차갑게 가라앉았다. 테러 이후, 거의 조건반사적으로 나오는 변화였고 지영 본인도 그걸 알지만 굳이 고칠 생각은 없었다. 지나침은 항상 모자람만 못하지만, 적당량은 역으로 도움이 될 때가 많았기 때문이었다. 그리고 지영은 그 적정선을 항상 잘 유지하고 있었다.

　─많이들 힘들어하고 있어.

　"……."

　누군가를 특정하진 않았다.

　하지만 많이'들'이라고 했으니, 은재뿐만이 아닌 지영의 사람 전부를 묶었다.

　─다들 내색은 안 하고 있지만. 아니, 알고도 모른 척하고 있는 거잖아. 암묵적으로 너의 이야기를 하고 있진 않지만 니가 시리아에 있다는 걸 다들 이미 확신하고 있어. 그래서 더 힘들어해. 니가, 왜 그곳에 갔는지도 알고 있으니까.

　"후우."

　─특히 은재가 너무 힘들어해. 사실 말 안 했었는데, 은재

갸, 너 함정에 빠졌을 때 울고 난리도 아니었어.

"은재가……?"

그럴 리가?

은재가 눈물이 없는 편은 아니지만 그렇다고 갑자기 막 우는 스타일도 아니었다. 확실하게 슬픈 일이 있어야만 우는 게 바로 유은재란 여자였다.

"혹시 말했어?"

그게 아니라면 은재가 울 이유를 모르겠는 지영이었다. 하지만 임수민의 입에서 나온 대답은 NO였다.

─미쳤어? 그걸 말하게? 날 뭐로 보고!

"미안, 실언했다."

블랙마켓과 칠성회란 조직을 이끄는 여자가 정에 이끌려 말해서는 안 될 비밀을 얘기한다? 그리고 지영만큼이나 오랜 세월을 산 '같은' 동족이?

'그럴 리가 없지.'

그러니 그녀가 먼저 나서 그런 얘기를 꺼냈을 가능성은 사실상 거의 없었다.

─흥, 확 그냥, 안 도와줘 버릴까 보다.

"미안하다니까. 그럼 왜 울었는데? 이유 없이 울 애가 아닌데."

─말 돌리긴, 쯔, 이번엔 넘어가 준다.

이 대답에서 지영은 임수민의 배려를 아주 진하게 느꼈다. 지영의 기분이 처진 걸 눈치채고는 어차피 전해줘야 할 무거운 얘기를 그나마 위트 있게, 투정부리듯이 풀어내고 있었다.

치익.

"후우……."

연기를 내뿜은 지영은 조용히 물었다.

"그래서 왜 울었는데?"

—왜긴. 느낀 거지.

"느꼈다고?"

—그래, 정말 기가 막히게도 니가 딱 산에 포위된 시간쯤에, 은재가 불안에 떨기 시작했어. 불안이 거의 공황장애 수준으로 와서 급하게 내가 찾아갔고.

"……."

그래, 은재는 그런 여자였다.

그 쓸쓸한 밤에, 지영이 혼자 싸우고 있는 걸 어떻게 느꼈는지 모르겠지만 같이 힘들어해 주는, 그런 여자였다.

'운명이란 게 이런 거겠지.'

운명의 실?

하늘이 정해준 인연?

유은재는 지영에게 그런 사람이다.

—아주 오들오들 떨고 난리도 아니었어. 근데 신기하게 너

무사하다는 연락 딱 받고 나니까 잠들더라.

　피식.

　이 정도면 여자의 감이라는 걸로 설명할 단계는 지났다.

　"그래서 지금은 괜찮아?"

　―많이 좋아졌지. 근데 때때로 불안해해. 미안한데, 살짝 얘기는 해줬거든.

　"해줬다고?"

　―웅, 애를 진정시키려고 살짝만 얘기해 줬어. 그래야 진정을 시키든 뭐든 할 수 있으니까.

　"…그래."

　임수민의 선택은 틀리지 않았을 것이다. 어차피 은재도 예상은 하고 있었다고 하니 조금 말해준 건 잘한 선택이었다. 하지만 거기까지였다. 지영은 그들이 아무리 예상은 하고 있어도, 진실을 알기를 원하지는 않았다. 물론 임수민도 그런 지영의 마음을 이미 알고 있어 더 이상은 얘기하지 않을 것이다.

　"지금은 어때?"

　―많이 좋아지긴 했는데, 그래도 불안해. 정신과 치료가 필요할 것 같아. 그리고 은재 정도 되니까 이 정도 버티는 거야. 알지? 너 테러 당하던 날, 은재도 같이 당한 거. 니가 미리 준비하고 있어서 최악의 상황까진 안 갔지만 그래도 눈앞에서 사람이 죽는 걸 그대로 목격했어. 평범한 사람이라면 벌써 트

라우마 생기고도 남았어.

"후… 알아."

지영이라고 왜 모를까.

하지만 지영은 가족은 물론 은재에게도 얘기하지 말고 떠나야 했다. 적을 속이려면 아군부터 속이라는 옛말을 충실히 따른 결정이었고, 지금까지도 그 결정을 후회하지 않았다.

'얼굴이라도 보고 왔어야 했나.'

순간적으로 그런 생각이 들었지만 지영은 고개를 얼른 저었다. 아직 반도 안 왔다. 가족도, 지인도, 은재도 보고 싶지만 약해질 때가 아니었다.

—하지만 정신과 치료도 완벽한 건 아니야.

"그것도 알고."

그리움을 정신과 치료로 극복한다? 현대 의학의 힘이라면 충분히 가능할 것이다. 특히 정신과 분야는 2010년 이후 폭발적 발전을 이뤘고, 삭막한 시기를 견뎌야 했던 한국은 그중에서도 거의 탑 수준에 이르러 있었다. 하지만 지영은 장담했다. 아무리 발전한 현대 심리 치료로도, 지금의 은재를 완벽하게 치료할 순 없을 거라는 걸. 그걸 아니 가슴이 더 저려왔다.

—그래서 말인데…….

임수민의 말이 쭉 늘어졌고, 지영은 그녀가 무슨 말을 하나 가만히 들었다.

─한국에 좀 들어와.

"응? 한국?"

─응, 어차피 당장 움직이지도 못하잖아? 그러니 그냥 휴가라 생각하고 잠깐 들어왔다가, 은재만 보고 다시 가.

"……."

휴가라…….

피식, 지금 이 상황에 휴가? 솔직히 말도 안 되는 일이었다. 하지만 뒤이어진 임수민의 말에 지영은 거절하려던 마음을 잠시 접어두고 고민을 시작할 수밖에 없었다.

─지금 그쪽 상황이 하루 이틀 만에 정리될 것도 아니잖아? 아무리 운이 좋아 착착 맞아떨어져 짧아져 봐야 반년 이상이고. 길면 몇 년이 걸릴지도 모를 장기전이잖아. 그럼 차라리 이 기회에 쉬어.

"음……."

맞는 말이었다.

솔직히 말해 이 전쟁은, 언제 끝날지 모르는 아주 초장기전이다. 벌써부터 적의 반격에 이렇게 주춤하고 있는 상태이니 기존에 예상했던 시간보다도 훨씬 더 걸릴 게 분명했다. 지영은 잠시 고민하다가 답을 했다.

"알았어. 팀원들이랑 상의해 볼게."

─그래, 결정 나면 바로 연락 줘.

"응."

뚝.

전화를 끊은 지영은 이미 필터만 남기고 다 탄 담배꽁초를 재떨이에 버리곤 자리에서 일어났다. 밖으로 나가자 제각각 늘어져 있던 팀원들이 지영을 힐끔 봤다가, 각자 다시 휴식을 취하기 시작했다. 지영은 그중 유리를 바라봤다. 그냥 눈을 감고 있는 것 같지만 딱 봐도 짜증이 올라온 게 보였다.

'풀어주긴 해야겠어.'

안 그러면 진짜 언제 터질지 모르는 폭탄으로 변할 테니 말이다.

짝짝.

가볍게 박수를 치자 모두의 시선이 다시 지영에게 몰려왔다.

"잠깐 모여봐요."

"네에⋯⋯."

"⋯⋯."

힘없는 대답들에 지영은 쓴웃음을 지었다. 어기적어기적 걸어온 이들이 모이자 지영은 바로 본론을 꺼내 들었다.

"다들 힘든 것 같은데, 휴가 좀 갔다 오죠?"

"⋯응?"

"휴가⋯ 말입니까?"

안젤라와 정순철의 얼빠진 대답이 나온 만큼 유리는 으잉? 하는 표정이었고, 성수정은 바로 이해를 못 했는지 눈만 끔뻑이고 있었다.

　"어차피 오래 걸릴 싸움이니까, 이 기회에 그냥 한 달이고 두 달이고, 쉬다가 오자고요."

　"어… 작전 중에 휴가를 가자는 거죠?"

　지영의 입장에서는 전쟁이지만, 그에겐 지영을 돕는 작전이라는 생각이 더 강했나 보다. 하지만 아무렴 어떠랴, 지영은 그런 생각으로 고개를 끄덕였다.

　"네, 그리고 다들 스트레스가 너무 쌓였어요. 특이 유리, 지금 터지기 일보 직전이지?"

　"웅…….."

　유리는 그 질문에 지영을 보며 고개를 끄덕였다. 착 깔린 눈빛은 지영이 터진다는 말을 하자마자 번들거리고 있었다. 어릴 적에 감정을 극단적으로 제어하는 세뇌 과정을 거치며 특수 요원으로 키워진 탓에 생긴 부작용이었다.

　"그러니까 이 기회에 가서 싹 풀고들 와요. 예외 없이, 전부. 지혜 씨도 갔다 오고."

　컴퓨터 앞에 앉아 있던 김지혜도 지영의 말에 고개를 끄덕였다.

　짝짝.

"그럼 결정. 다들 어디로 갈 건지 정해서 나한테 알려줘요. 블랙마켓에 의뢰해서 그곳으로 바로 보내줄 테니까."

그렇게 말하고 지영이 자리에서 일어나자 유리가 스르륵 다가와 손을 뻗어, 지영을 붙잡았다.

"지영은 어디로 갈 거야……?"

"음……."

지영이 갈 곳?

그건 이미 정해져 있었다.

그곳, 그녀의 곁으로 말이다.

한국.

서울.

이곳은 정말 변한 게 없었다.

사람이 너무나 많이 그렇게 북적거리는데, 이상하게도 싸늘한 도시. 서울로 돌아온 지영이 느끼는 감정이었다.

여름.

활기가 넘쳐야 하는 계절인데도 서울 도심은 고요했다. 마치 폭풍 전의 고요처럼, 부산항을 통해 밀입국한 지영은 서울로 돌아와 오랜만에 거리를 걸었다. 임수민이 보내준 특수 분장 팀 덕분에 지영을 알아보는 사람은 한 명도 없었다.

"지영, 저거 먹어보자."

그런 지영의 옆에는 똑같이 특수 분장을 받은 유리가 서 있었다. 그녀의 손가락을 따라가니 튀김과 떡볶이를 파는 포장마차가 보였다. 지영은 그런 유리를 잠시 보다가 고개를 끄덕였다. 안젤라를 따라갈 거라는 예상과 달리, 유리는 한국행을 택했다.

안젤라가 상처받은 얼굴로 유리의 어깨를 마구 잡아 흔들었지만 유리의 마음은 변하지 않았다. 좌절한 안젤라와 함께 떠난 건 의외로 성수정이었다. 둘은 아무도 없는 무인도로 향했는데, 분위기가 요상했었지만 개인 프라이버시라 그냥 무시한 지영이다.

"튀김 이 인분, 떡볶이 이 인분 주세요."

유리의 말에 주인아줌마가 눈을 동그랗게 떴다.

"어머, 예쁜 아가씨가 한국말도 잘하네. 어디서 왔어요?"

"러시아서 왔어요. 헤헤."

"어머어머, 그래서 이렇게 날씬하고 예쁘구나. 거기 사는 아가씨들은 예쁘다던데, 진짜 그래요?"

튀김을 다시 튀기고, 떡볶이를 푸면서도 아줌마는 입을 쉬지를 않으셨다. 힐끔, 떡볶이를 먼저 내려놓으며 지영을 올려다봤지만 누군지 알아보진 못했다.

"호호, 아니에요, 어머니."

"어머어머, 어머니란 호칭도 쓸 줄 알고 호호! 학생이에요?"

"네, 교환학생으로 왔어요."

유리의 대답을 들은 지영은 속으로 좀 놀랐다. 그녀는 원래 말수가 많은 편이 아니었다. 오히려 그와 정반대되는 성격을 가지고 있는데 이렇게 살갑게 대답을 하니 놀라지 않을 수가 없었다.

하지만 지영은 곧 그녀가 마치 임무를 하는 것처럼, 연기를 하고 있다는 걸 알아차렸다. 슬쩍 내려다봤는데 입꼬리만 웃고 있지, 눈은 조금도 웃고 있지 않았기 때문이었다. 하긴, 유리가 누군가에게 살갑게 구는 건 반년을 함께하면서도 거의 보지 못했던 지영이었다.

"음, 오."

이쑤시개로 떡볶이를 하나 찍어 먹은 유리는 짧은 탄성을 흘렸다. 지영도 하나를 찍어 먹었다. 길거리에서 파는 거라 큰 기대 안 했는데, 눈이 번쩍 뜨일 만한 맛이었다. 소스가 정말 남달랐다.

가격이 1인분에 2,000원이라 너무 비싸게 받는 거 아닌가 하는 생각을 했는데, 충분히 그 정도 받아도 되는 맛이었다. 곧이어 튀김도 나왔다. 튀김은 만들어놨던 걸 한 번 더 튀긴 거지만, 그래도 충분히 맛있었다.

주인아줌마는 표정이 변한 지영을 보더니 씩 웃으며 물었다.

"맛있지?"

"네, 맛있어요. 이런 떡볶이 처음 먹어봤어요."

"후후, 비장의 소스 덕분이지. 지금이야 한창 일하는 시간이라 그렇지, 이따 퇴근 시간되면 아주 난리도 아니에요. 호호."

아줌마의 자기 자랑에 지영은 고개를 끄덕였다. 웬만한 음식은 전부 할 줄 아는 지영이 보기에도 이 소스는 사람을 충분히 끌어모을 만한 맛이었다. 유리는 떡볶이 2인분과 튀김 2인분을 순식간에 해치웠다.

이렇게 잘 먹는 걸 처음 봐서 지영도 좀 놀라기도 했다.

값을 치르고 다시 도로를 걷던 지영은 부우웅, 길옆으로 와서 서는 차를 힐끔 바라봤다. 지이잉, 창문이 내려가고 운전석에 익숙한 사람이 보였다.

"오랜만?"

피식.

"오랜만은 무슨, 매일 통화하는데."

"타, 별장으로 가게."

"그래."

아무리 특수 분장을 했다고 해도 사람이 많은 곳보단, 그래도 한적한 곳이 좋았다. 보조석에 지영이, 뒷좌석이 유리가 타자 임수민은 바로 차를 출발시켰다.

"유리 씨죠? 반가워요, 임수민이에요."

"…네, 반가워요."

임수민의 인사에 유리는 무표정한 얼굴로 그 인사를 받았다. 유리가 지영이나 팀원들에게만 조금 웃어주는 정도라는 것을 임수민도 아는지라 크게 신경 쓰진 않았다. 차가 신호에 걸리자 임수민은 선글라스를 벗으며 지영을 향해 물었다.

"특별히 할 일은 없지?"

"응, 은재 얼굴만 보고, 다시 떠나야지."

"어디로 가려고?"

"글쎄……."

일단 은재만 만나러 들어온 상태라 어디로 떠날지 생각해놓진 않았다.

"생각해 놔. 그래야 비행기나 배편 알아봐 주지."

"응."

초록불이 들어오고 차는 다시금 부드럽게 출발했다. 서울을 빠져나간 차는 국도를 타고 달려, 예전에 송지원을 쉬게 했던 별장에 도착했다. 차에서 내린 지영은 오랜만에 보는 한국 산의 정취에 마음이 사르르 풀리는 것 같았다.

시리아도 산은 있다. 그것도 꽤나 우거지다. 하지만 거긴 이상하게 답답한 느낌이었다. 하지만 한국의 산은 이상하게 포근했다.

"이 층 방에 필요한 물건들 전부 구해놨으니까 마음 편하게 쉬면 돼."

"고맙다."

"고맙기는, 돈 받고 하는 일인데."

돈을 받기는 했다.

그것도 정가로, 아주 빡세게 지불하고 있었다. 어차피 둘에게 돈이 중요한 건 아니지만, 블랙마켓의 주인인 그녀가 누군가를 공짜로 도와주면 집단의 정체성이 흔들릴 수도 있기 때문에 어쩔 수 없었다.

"은재는?"

"내일 저녁쯤에 올 거야. 저기 아래 있는 별장으로."

언덕을 올라오면서 별장 한 채가 산 중간쯤에 있는 걸 봤는데, 거기로 오는 것 같았다. 전자 카드를 지영에게 건네준 임수민은 바로 차에 올랐다.

"나도 내일 저녁에 올 거니까 푹 쉬어. 유리 씨도 푹 쉬세요."

"…감사합니다."

살짝 고개를 숙인 유리의 인사에 임수민은 귀여운 동생을 보는 것처럼 웃고는 바로 차를 출발시켰다. 부웅, 검은색 중형 세단이 다시 먼지를 일으키며 사라지자 지영은 별장 안으로 들어갔다.

삐비빅.

별장은 당연히 깨끗했다. 2층에서 옷을 갈아입고 내려온 지영은 소파에 늘어져 있는 유리를 잠시 바라보다가, 냉장고를 열어봤다. 딱 이틀 정도 먹을 수 있는 음식이 안에 들어 있었는데, 통이 익숙했다.

반찬 통 하나를 꺼내 열어 맛을 보니, 맛도 익숙했다.

'선정 씨 음식이구나.'

정갈하면서도 혀가 즐거운, 딱 이런 맛의 음식은 지영의 주변에는 유선정이 유일했다. 저녁을 챙겨 먹은 유리와 잠시 술잔을 기울이다가, 먼저 그녀가 잠들자 밖으로 나왔다.

치익.

"후우……."

뭉게뭉게 올라가는 연기를 잠시 보던 지영은 제법 쌀쌀한 날씨에 근처에 있던 화로에 장작을 넣고 불을 붙였다. 그리곤 안으로 들어가서 술을 들고 나왔다. 은재와의 추억이, 그리고 송지원과의 추억이 있던 곳이라 그런가, 기분이 갑자기 센치해지고 있었다. 타닥타닥 타오르는 불을 보던 지영은 문득, 작년에 은재와 함께 여행을 갔을 때가 떠올랐다. 마지막 그 여행에서 지영은 은재에게 프러포즈를 했다. 평생을 함께하자고, 약속했었다. 첫눈이 오는 날까진 아니어도, 쌀쌀하고 외로운 바람이 부는 날 결혼하자고 했었다. 은재는 그런 지영의 말에 세상에 더없이 밝은 미소를 지어줬다.

하지만 지금은?

아직 1년도 지나지 않았지만 상황이 너무나 많이 변해 있었다.

두 명의 제자들을 잃었고, 지영을 허물없이 대해주는 몇 안 되는 지인인 이민정 감독도 잃었다. 그리고 그때, 너무나 많은 사람들이 죽었다.

복수.

고결한 복수?

"아니지······."

처절한 복수가 될 것이다.

그렇게 마음먹고 그 먼 곳으로 넘어갔다.

쪼르르.

글라스 잔에 가득 찬 붉은빛 과실주를 지영은 단숨에 들이켰다. 목이 뜨끈해졌다. 덩달아 가슴도 뜨끈해졌다. 지영은 오랜만에 자신이 감정에 깊게 빠지기 시작했다는 걸 깨달았다. 물론 시리아에 있을 때도 가끔 감상에 빠지기는 했었다. 술도 마셨었다. 하지만 언제나 의도적으로, 그리고 강제적으로 그러한 감정들을 조절했었다.

하지만 오늘만큼은 아니었다.

지영은 여기서 술을 더 마시면 더욱 진하게 올 거라는 걸 알았다. 그러나 오늘은 멈추고 싶지 않았다.

하늘을 보며, 30분쯤 술을 마셨을 때였다. 갑자기 별장 입구에 라이트가 비추기 시작했다. 잠시 그걸 바라보던 지영은 바로 일어나 별장 뒤쪽으로 움직였다. 그리곤 주머니 속에 들어 있는 폰으로 유리에게 전화를 걸었다. 아무리 휴가라지만 감각이 예민한 유리라면 진동 소리에도 바로 깨서 상황을 파악할 것이다. 30초쯤 있다가 폰을 끈 지영은 막 입구로 들어서는 차량을 바라봤다. 입구에서 얼마 멀지 않은 곳에 선 차량에서 아주 익숙한 사람이 내렸다. 170에 가까운 신장에, 긴 생머리, 아주 늘씬한 기럭지에 그녀의 시그니처라 할 수 있는 스키니진 청바지에 굽 높은 힐까지… 김은채였다.

'쟤가 왜?'

지영은 김은채를 보자마자 고개를 갸웃했다.

지잉, 지잉.

"응."

―어떻게 할까?

"아는 사람이야."

―응.

뚝.

전화를 끊은 지영은 잠시 고민했다. 또각또각, 지영이 고민하는 사이 김은채는 모닥불로 다가와 술과, 안주를 보더니 주변을 획획 둘러봤다. 그러다 조용히, 아주 음산하게… 마치 귀신처럼 서늘한 목소리로 입을 열었다.

"알고 왔다."

단 네 글자였지만 지영의 고민을 끝내게 만들기엔 충분했다. 일단 임수민이 알려줬을 가능성이 제일 컸다.

스윽.

지영이 건물 뒤에서 나오자 김은채의 시선이 곧바로 지영에게 달라붙었다.

"……."

"……."

김은채는 몸을 돌려 지영을 빤히 바라봤다. 지영은 그런 김은채에게 천천히 걸어갔다.

"오랜만이다?"

"오랜만이……."

다는 개뿔!

휙!

손이 날아올 걸 지영은 이미 눈치채고 있었다. 그래서 가볍게 손목을 잡아챘더니 그녀가 에휴, 하고 한숨을 내쉬었다. 너무 빠른 변화에 지영이 손을 놓자 그녀는 터덜터덜 걸어서 남은 의자에 앉았다.

"내 거도 세팅 좀."

"……."

그래, 김은채답다.

천상천하 은채독존이란 김은채.

지영은 그런 김은채의 모습에 다시 한번 피식 웃곤 안으로 들어가 컵과 술을 챙겼다. 그러자 유리가 뒤로 스륵 다가와 물었다.

"누구?"

"은재 언니."

"아아, 대성그룹 망나니?"

"알아?"

지영이 고개를 돌리며 묻자 유리는 고개를 끄덕였다.

"수정이가 얘기해 줬어."

"그 사람은 뭔 그런 걸……."

성수정 정도 되면 김은채의 성격이 어떤지야 뭐 뼛속까지 다 알고 있었을 것이다.

"위험한 사람은 아닌 거지?"

"응, 먼저 자."

"응."

유리는 그렇게 대답하고 2층 자신의 방으로 올라갔고, 지영은 유선정표 고기들을 챙겨 밖으로 나왔다. 지영이 나오자 김은채는 폰을 보다가 지영을 힐끔 보곤, 툭 던지듯이 말했다.

"이 밤에 고기 굽게?"

"어, 먹을 거잖아?"

"야외와 고기와 술은 언제나 옳지."

취향 참 독특했다.

모닥불을 옮겨 불을 다시 지피고, 지영은 고기를 굽기 시작했다.

쪼르르.

그사이 김은채는 이미 석 잔째 술을 비우고 있었다. 다섯 잔을 스트레이트로 비운 그녀는 눈을 가늘게 뜨고 지영을 보며 이번에도 시비를 걸 듯, 툭 말을 던졌다.

"다친 데는 없나 보네?"

"다치길 바랐냐?"

"뭐, 그 정도까진 아니고."

그러더니 또 잔에 술을 가득 따르고 있었다.

"어떻게 알고 왔어?"

"나 김은채야."

"그래도 내가 들어온 걸 알기는 힘들었을 텐데?"

임수민이 알려준 게 아니라면, 자력으로 알아냈다는 소린데…… 블랙마켓이 그렇게 일을 허술하게 처리하는 곳이 아니었다. 실제로 지영이 들어온 건 회사에서도 모르고 있었다.

'알았으면 바로 찾아왔을 사람들이지.'

그런데 오지 않는 걸 보니 모르는 게 확실했다.

국내 정보력에서는 부뚜막과 함께 투 탑인 회사도 모르는데 김은채가 안다? 어불성설이다.

"수민 언니한테 바지 붙잡고 매달려서 겨우 알아냈어."

"니가? 왜? 내가 들어온 건 어떻게 알고?"

"후우……."

그녀가 내쉰 한숨에 지영은 이내 뭔가가 떠올랐고, 쓴웃음을 지을 수밖에 없었다.

잠깐의 침묵 뒤, 지영은 입을 열었다.

"나 안 죽은 거 알고 있었냐?"

"처음엔 죽었다고 생각했지. 그런데 나중엔 점점 의심이 생기더라고. 내가 아는 너란 놈은 당하면 당한 만큼 갚아줄 성격인데 병실에 처박혀서 은재까지 안 만나다가 갑자기 자살? 아, 이거 뭐가 있구나! 그때 눈치를 챘지. 그리고 니 장례식 끝나고 니 재산 움직임 좀 살펴봤어."

안 그래도 촉은 기가 막힌 김은채다. 그런 그녀가 뭔가를 느끼고 의심을 했고, 재산 움직이는 것까지 살펴봤으면 이미 거기서 답은 충분히 나왔을 거다. 실제로 지영도 그 부분을 조심했지만 아무리 조심해도 결국엔 종점이 있었다.

"야, 그건 범죄다."

"범죄 같은 소리하네. 니가 지금하고 있는 건 뭐 합법이고?"

"음… 불법은 아닐걸?"

"그럼 지금 내 눈앞에 있는 건?"

"이건… 불법이지."

이미 한국에서 지영의 주민등록은 말소된 상태였다. 그리고 시리아에서 한국으로 들어올 때 지영은 세계 각국을 변장한 채로 돌면서 추적을 피했다. 마지막으로 홍콩에서 일본, 일본에서 부산을 통해 서울로 들어온 지영이다. 물론 이 과정에서 강지영이란 이름은 단 한 번도 쓰이지 않았다.

전부 블랙마켓의 주인인 임수민을 통해 얻은 위조 여권을 사용했다. 그러니 지영도 뭐, 누구한테 불법이라 말할 처지는 아니었다. 거기다 살인까지 합치면? 지영은 아주 희대의 범죄자나 다름없었다.

그런 지영을 피식 비웃은 김은채가 말을 이었다.

"계좌 추적하고 하다 보니 감이 딱 오더라고. 아아, 너 복수하러 갔구나. 싹 쓸어버리려고 죽었다고 사기 쳤구나, 이렇게."

"잘도 알았네."

"모르는 게 등신이지."

김은채는 그렇게 말하면서 쓰게 웃었다.

"미안하다."

휙!

미안하단 말에 김은채는 지영을 확 노려봤다.

"야, 됐거든? 그런 말 듣자고 여기 온 거 아니거든?"

"그럼 왜 왔냐?"

"그냥 니 상태 괜찮은가 해서 온 거야. 상태 메롱이면 은재

만나지 말고 그냥 꺼지라고 하려고!"

"그러냐."

치이이익.

고기를 뒤집은 지영은 역시 김은채는 김은채라 생각했다. 저 말은 아마 거짓말은 아닐 것이다. 이제는 사이가 많이 좋아졌지만 그래도 그녀는 지영보단 은재를 더 끔찍하게 생각했다. 뭐, 지영도 그녀가 은재보다 자길 더 생각해 주길 원하지는 않았다.

"은재 많이 안 좋아?"

"하아……."

한숨을 내쉰 그녀는 다시 술을 입에 털어 넣고, 작은 클러치에서 담배를 꺼내 입에 물었다.

치익.

"후우……."

연기를 내뿜을 때 그녀의 눈빛에 올라온 건 짜증과 걱정이었다.

"병원은 안 간다고 버티고 있는데, 내가 봤을 땐 한계야."

"……."

"솔직히 그동안 버틴 것도 용한 거야. 알지? 은재한테 무슨 일이 있었는지. 그리고 니가 무슨 짓을 했는지."

"알지."

"내가 아는 전문의한테 물어봤는데, 그 정도 일을 겪고 정신이 안 부서진 것만 해도 다행이라더라."

"그것도 알아."

"아는 놈이!"

찌릿!

김은채가 자신을 확 노려봤지만 지영은 그걸 그냥 담담히 받아 흘렸다. 지영은 환생자다. 그것도 무한한 환생을 거치고 있는 환생자다. 당연히 테러 정도에 멘탈이 박살 날 일은 없었다. 하지만 은재는 아니었다.

'은재나 되니까 그 정도 버틴 거지.'

그게 아니었다면… 그런 상황을 몇 번이나 겪고도 버텨내는 건 정말로 쉽지 않을 것이다. 근데 그걸 아니까 지영은 은재에게 너무나 미안했다. 복수, 그리고 미래를 지키기 위한 필요에 의해 사라졌지만, 그게 지영에게 정당성을 줄 수는 없었다.

"하아, 얼마나 걸릴 것 같아?"

"모르겠어."

"그럼 반대로 물을게. 얼마나 처리했어?"

뭘 처리했는지 묻는 거야 뻔했다. 이런 질문은 남이 했으면 말 안 했겠지만, 어차피 임수민도 김은채와 자신에 대한 일을 어느 정도 공유하기 시작한 것 같으니 말해줘도 될 것 같았다.

"이제 네 번 뛰었어. 그중 한 번은… 죽을 뻔했고."

"죽을 뻔했다고?"

처음으로 김은채의 눈빛에 동요가 생겼다.

지영은 다 익은 고기를 적당한 크기로 잘라 접시에 담아 테이블로 돌아왔다.

탁.

접시를 내려놓기 무섭게 김은채는 그걸 하나 집어 얼른 입에 넣었다. 상황에 안 어울리는 고기지만, 오히려 이것 때문에 분위기가 많이 부드러워졌다.

"왜 죽을 뻔했는데?"

"함정에 빠져서."

"혹시… 그게 얼마 전이야? 은재가 아프기 시작했을 때쯤?"

"……"

지영은 대답 대신 고개를 끄덕였다.

김은채는 지영의 대답에 쓴웃음을 지었다.

"니들은 정말 운명이긴 운명인가 보다. 그런 것도 느끼는 걸 보니."

"그건 나도 신기하게 생각하고 있다."

"쯔, 어쨌든, 그럼 잘 왔네. 은재한테도 기다릴 힘은 주고 가."

"애초에 그러려고 왔어."

"하아……"

김은채는 지영의 대답에 한숨을 내쉬고는 다시 잔에 술을 따랐다. 그리곤 지영의 앞으로 들어 올렸다. 지영도 잔을 들었다.

　쨍.

　맑고 청아하게 울린 유리잔 부딪치는 소리가 타닥타닥, 장작 타는 소리에 한번 덤벼들었다가 깨갱! 하고 도망쳤다. 그 뒤로 10분간은 서로 묵묵히 술만 마셨다. 잔이 비워지기 무섭게 술을 따랐고, 그다음 다시 잔이 채워지기 무섭게 잔을 비웠다. 한 다섯 번 정도 그렇게 돌고 나니 속이 뜨끈뜨끈해졌다.

　"술 좀 더 가져와."

　"내가 니 비서냐?"

　"난 술 어디 있는지 모르니까."

　"주방에 아이스박스 열어보면 있어."

　"좀 가져오지, 칫."

　그러면서 결국은 자기가 일어나서 안으로 들어가서 아예 얼음과 과실주 다섯 병을 들고 나왔다. 제법 큰 병인데 다섯 병이나 들고 나오는 걸 보고 지영은 김은채도 스트레스를 엄청 받았구나란 생각이 저절로 들었다.

　"먹고 죽을 생각이냐?"

　"후우, 시비 걸지 마. 안 그래도 요즘 미치겠으니까."

　"뭔 일 있어?"

　"그냥, 니가 없어서 그런 건지, 아니면 은재가 힘이 없어서 그런 건지 자꾸 여러 군데서 삐걱거리네."

"흠……."

지영은 씁쓸하게 웃는 김은채를 가만히 바라봤다. 모르는 사람이 봤다면 시니컬한 미소로 보였겠지만 그래도 테러가 벌어지기 전엔 일주일에 두세 번은 만나서 술을 기울이던 사이라 지영의 눈엔 김은채의 감정이 고스란히 보였다. 그녀는 전에 없이 힘든 얼굴이었다. 단순히 술 때문은 아닌 것 같았다.

"뭔데, 도와줄 수 있으면 도와줄 테니까 말해봐."

"니가? 웃기시네. 고인 코스프레하는 놈이 도와주긴 뭘 도와줘?"

"말이나 해봐."

"하아."

김은채는 다시 한숨을 내쉬었다.

진짜 일이 안 풀리는 게 있는 것 같았다. 지영은 이번엔 진심으로 그녀를 도와주고 싶었다. 김은채와의 인연의 시작은 분명 좋지 않았지만 지금은 오히려 그 정반대였다. 그리고 솔직히 항상 은재를 챙겨주는 그녀에게 지영은 확실히 고마운 감정을 품고 있었다. 물론 내색은 안 했지만 말이다.

치익.

"후우……."

연기를 내뿜으면서도 고민하던 그녀는 결국 천천히 말문을 다시 열었다.

"우리가 건설이 주력인 건 알지?"

"알지."

대성은 부산에서부터 시작한 건설회사다. 그리고 성장하고 또 성장해 지금은 병원, 유통, 엔터, 식품 쪽에서도 업계 세 손가락씩 들어가고 있었다.

"한국은 이제 아파트가 포화 상태잖아. 그래서 눈을 돌렸지."

"어디로?"

"개발도상국."

"음… 나쁘지 않네."

지영은 대성의 선택이 나쁘지 않다고 봤다. 전 세계로 따지면 수없이 많은 건설회사가 있지만 대성의 아파트 건설 노하우는 거의 탑 수준이었다. 특히 아파트에서 가장 문제가 되었던 층간 소음과 난방 문제를 해결한 건설공법은 많은 사람들이 묻지도 따지지도 않고 대성을 선택하게 만들었다.

그렇지만 대한민국은 2010년 이후 엄청난 아파트 열풍이 불었고, 이제는 아파트가 시야에 없는 곳이 드물 정도로 많아진 상태였다. 그러니 해외로 눈을 돌리는 건 아주 당연한 선택이었다.

"정부 마찰?"

"응, 이번에 아프리카로 진출할 목적이었는데, 협상이 잘 안 되네."

"아프리카라… 거기 어디?"

"잠비아, 우간다, 가나 일단 이 세 나라."

"비교적 국가 경제와 치안이 괜찮은 나라네."

"응 그러니까 들어갔지. 어쨌든 들어는 가서 협상은 하고 있는데… 잘 안 되네."

"니가 담당이야?"

"응."

이 나이에?

지영은 좀 놀랐다.

그런 사업이라면 보통 총수가 직접 챙기는 편이 맞았다. 그럼 왜 김은채가? 가족이라서?

'여제가 그럴 사람은 아니지.'

그가 아는 김조선은 가족이라고 해서 이런 중요한 일을 맡길 사람은 아니었다.

그렇다면… 답은 하나밖에 없었다.

"실험이네."

"정답."

답을 내놓기 무섭게 김은채는 고개를 끄덕이며 수긍했다. 술잔을 내려놓은 지영이 다시 물었다.

"경영 승계 시작한 거야?"

"승계는 무슨, 지금 회장님이 얼마나 정정하신데."

"근데 왜 이렇게 무리한 걸 시켰대?"

"야! 무리라니! 너 나 무시하냐?"

슬슬 올라오는 취기로 볼에 슬그머니 생긴 홍조 때문에 마치 취해서 꼬장 부리는 것처럼 보여지는 걸 아는지 모르는지 김은채는 지영의 말에 빽 소리를 질렀다. 지영은 그런 김은채를 보며 피식 웃고는 다시 말을 이었다.

"뭐가 문젠데?"

"뭐, 뻔하지."

"돈?"

"응, 그쪽 사람들 인부로 어느 정도 쓰는 건 이해하겠는데, 자꾸 전부 채용해 달라잖아. 어떻게 된 게 세 나라가 전부 다 그래!"

"말이 안 되는 말이긴 하네."

"그치? 말도 안 되지? 현장 책임자를 포함해서 전부 자기네 사람들로 채워달라는 게 말이야 똥이야?"

김은채의 말에 지영은 쓴웃음을 지었다.

리베이트 정도로 끝낼 생각이 없다는 게 딱 느껴져서였다. 현장 책임자까지 그쪽 나라 사람들로 채워지면 건설은 건설대로 딜레이될 거고, 자재 또한 아마 중간에서 엄청나게 가로챌 것이다. 그러니 당연히 대성으로써는 들어줄 수 없는 부탁이었는데 그걸 안 해주면 허가를 안 해주겠다고 하니 김은채로서는 미치고 환장할 일일 것이다.

'사람의 욕심은 원래 끝이 없는 법이지.'

특히 아프리카의 경우라면 거긴 돈 자체가 목숨과 직결되는 곳이다. 요즘에는 많이 좋아졌다고 하지만 하루아침에 그게 확 좋아질 리도 없었다. 그리고 그곳이 좋아지는 걸 아프리카에 지분을 넣어놓은 여러 국가들이 가만히 있을 리도 없었다.

"그쪽은 내가 알아볼게."

"오… 너 그쪽에도 인맥 있어?"

"없진 않지."

거짓말은 아니었다.

수없이 많은 삶을 살면서, 지영도 이곳저곳에 많은 인연을 만들어뒀다. 하지만 이번엔 그때 맺어뒀던 인연을 쓸 생각은 아니었다. 김은채는 어떤 인맥인지 묻지 않았다. 그리고 물어본다 해도 지영은 말해줄 생각이 없기도 했다.

"내일 은재는 니가 데려올 거야?"

"주말이니까 그러려고."

"말하지 말고. 조용히 만나고 갈 생각이니까."

"그럴 거야. 후, 난 이만 간다."

"그래."

남은 술을 마신 김은채는 자리에서 일어나 미련 없이 자리를 떴다. 상당히 빠르게 술을 마셨음에도 흐트러짐 없는 걸음걸이로 차로 걸어갔고, 그녀가 뒷좌석에 타자 부르릉, 엔진 소리가 들렸다.

그렇게 김은채가 사라지자 지영은 다시 의자에 앉았다. 깨끗하게 비워진 접시를 치운 지영은 시간을 확인한 뒤 위성 전화를 꺼내 번호를 눌렀다.

뚜루루, 뚜루루, 뚝.

―올라(Hola).

수화기 건너편에서 나른한 스페인어 인사가 들려왔다.

"부탁할 게 있는데."

―벌써? 진도가 너무 빠른 거 아니야?

상대의 투정을 지영은 그냥 웃음으로 때우고는, 힘들어하는 친구에게 줄 선물을 준비하기 위해 바로 본론을 꺼내 들었다.

다음 날 아침, 지영은 일찍 일어나 오랜만에 숲의 공기를 마시며 몸을 풀었다. 별장 뒤에 산을 정상까지 찍고 오니 딱 1시간쯤 걸렸다. 안에서 씻고 나오자 임수민에게 메시지가 와 있었다.

[출발했어.]

"후우……."

메시지를 읽은 지영은 진한 한숨을 내쉬었다. 너무나 보고 싶었던 사람이 오고 있었다. 하지만 이상하게 마음이 편치 않았다. 지영은 그 이유를 알 것 같았다.

'못 할 짓을 했으니까.'

지영은 밖으로 나갔다.

답답한 가슴을 바람을 쐬면서 좀 풀 생각이었다. 산 정상 근처라 그런지 바람이 살랑살랑, 이제 좀 괜찮아? 하고 묻는 것처럼 불어왔다. 그 바람에 속이 좀 풀린 지영이 의자에 앉아 눈을 감자 이제 됐지? 하는 것처럼 바람이 떠나갔다. 그렇게 한참을 쉬었다. 배가 고프면 밥을 먹고, 낮잠도 자고, 마음이 편하진 않지만 억지로 그렇게 쉬었다. 그렇게 시간이 흐르고 흘러, 임수민에게 다시 도착했단 메시지가 왔다.

지영은 내려가 볼까 하다가, 그냥 그러지 않기로 했다. 지금 짠! 하고 나타나면 은재는 너무 좋아할 것이다. 하지만 반대로 지영에게는 좋지 않았다. 은재의 얼굴을 보고난 뒤, 그녀와 얘기를 나누고 난 뒤, 그녀를 두고 떠날 자신이 없었기 때문이었다.

하지만 그래도 보고 싶었다.

달려가서 얼굴을 보고 싶었다.

이성과 감성의 저울질이 그나마 안정됐던 감정을 다시금 뒤흔들었다. 하지만 결국 지영은 쓴웃음을 지으면서 고개를 저었다. 기다림의 시간은 길었다. 3시쯤 은재가 도착한 별장에서 와자지껄한 소리가 들려왔다.

목소리를 들은 지영은 누구누구가 왔는지 알 것 같았다. 김은채의 목소리가 들렸고, 송지원의 목소리가 들렸다. 그리고 은재, 임수민, 이렇게 네 명이었다. 지영은 다시 자신이 머물던 별장 안으로 들어왔다.

거실, 2층의 커튼을 전부 치고 소파에 앉으니 전화가 왔다. 발신인은 당연히 김은채였다.

"응."

―언제 볼 거야?

"밤에 산책하자고 말하고 올라와 줘."

―알았어, 지원이는 안 보고 갈 거야?

"그러려고."

그녀에게는 미안하지만 지영은 오늘은 딱 은재만 보고, 새벽에 떠날 생각이었다.

―지원이 알면 서운하겠네.

"그래도 어쩔 수 없어. 지원 누나가 어디 가서 말할 사람은 아니지만, 날 만나면 아마 안 보내려고 할 거야."

―후후, 지원이가 집착이 좀 있지. 알았어, 그럼 이따 올라 갈 때 다시 연락할게.

"그래, 부탁한다."

—응, 맞다. 메일 확인해 봐.

알겠다고 대답하곤 통화를 끝낸 지영은 바로 태블릿 PC를 가져다가 메일로 접속했다. 접속해 보니 블랙마켓에서 메일이 하나 와 있었다.

"음……."

침음을 흘린 지영의 눈빛은 이전과는 다르게 확 변해 있었다. 지영은 굳은 얼굴로 바로 위성폰을 꺼내 전화를 걸었다. 몇 번의 신호가 가고, 김지혜가 바로 전화를 받았다.

—네.

"어디예요?"

—베네치아에 있습니다.

"아쉽게도 휴가는 이만 끝내야 할 것 같네요."

—알겠습니다. 다른 팀원들에겐 제가 연락할까요?

"그래주세요. 저도 오늘 다시 넘어갈 생각이니까."

—네.

뚝.

지영은 전화를 끊고 나서도 여전히 표정이 펴지질 않았다.

"이 미친 새끼들……."

지영이 시리아로 넘어가고 꽤 오랜 시간이 흘렀다. 봄이 끝날 무렵 시리아에 도착했고, 지금은 여름의 중간에 와 있었다. 8월 초인 오늘부터 딱 3주 뒤, 라마단 기간이 시작된다. 단순히 라마단만 시작되면 아무런 문제는 없었다. 그런데 이 미친 놈들이 라마단 기간 중 순례 행렬을 기습할 계획을 세웠다.

"제정신인가? 성전을 그리 중시하는 또라이들이 라마단 기간을 무시하고 전투 작전을 세웠다고? 그것도 라마단 행렬 자체를?"

지영은 그런 의문이 들었으나 바로 고개를 저었다. 이 미친 놈들을 정상적인 사고방식으로 이해하려고 하는 것 자체가 미련한 짓이었다. 신의 계시라는 미명하에 생명을 가축보다 못한 취급하는 것들이 바로 그놈들이었다. 그러니 애초에 정상적인 사고로 접근해 봐야 소용없다는 뜻이기도 했다.

물론, 이놈들이 그런다고 해서 지영에게 큰 문제가 되는 것은 아니었다. 그럼에도 지영이 나서는 이유는 이 미친놈들이 성전의 이유를 붉은 눈의 사신을 도운 이단을 처리하겠단 말도 안 되는 사유를 내걸 것이라는 것이다.

즉, 지영을 도왔다는 이유로 라마단 순례 행렬을 치겠다는 소린데, 지영은 도움을 받지 않았으니 아주 확실한 개소리였다.

"끌어내겠다는 거지."

지영을 찾지 못했으니, 차라리 알아서 나오게 만들겠다는 뜻이었다. 문제는 이걸 지영이 가만둘 수 없다는데 있었다. 엄포로 보이지만 저건 엄포가 아니었다. 이놈들은 실제로 라마단 행렬을 기습할 것이다. 그리곤 이단이라고 그들을 몰아세운 뒤,

잔인하게 살해할 것이다. 증거가 안 나와도 상관없을 것이다.

대충 증거를 만들어서, 공표하면 그만이기 때문이다.

명분?

놈들에게 명분은 귀에 걸면 귀걸이, 코에 걸면 코걸이인 게 바로 명분이었다. 설레던 감정이 싹 가라앉았다.

치익.

"후우……."

담배를 피면서 지영은 생각을 정리하기 시작했다.

"나를 노린 함정은 분명한데……."

쓴 미소가 지영의 입에 걸렸다.

이건 누가 봐도 함정이다.

그런데 안 가면 무수히 많은 사람이 죽는다.

자신을 걸어놓고, 잔혹한 학살을 저지를 것이다. 그 동네에서 학살이 벌어지는 거야 뭐 하루 이틀 일은 아니다만, 이건 그냥 넘어가자니 기분이 너무 더럽고 찝찝했다. 가뜩이나 자신들 때문에 죽은 죄 없는 사람들 때문에 시리아로 갔는데, 거기서도 또 그런 일이 벌어진다? 엄한 곳에 화풀이를 하겠다는 걸 지영은 이제 더 이상 그 꼴을 볼 생각이 없었다.

"이번 건 인정. 머리 잘 썼네."

지영이 빠져나가기 힘든 함정을 용케도 찾아서 팠다. 하지만 지영이 누군가. 이런 함정? 이전 삶에서 무수히 많이 빠져

봤었다.

지잉, 지잉.

폰이 다시 울기 시작했다.

숫자 0만 열댓 개나 붙어 있는 번호였다.

하지만 지영에겐 익숙한 번호라서 바로 전화를 받았다.

"네."

—알로? 한국은 잘 도착했어요?

"네, 어제 도착했어요."

—후후, 근데 도착하자마자 소집? 우리도 여기서 쉰 지 일주일밖에 안 됐어요.

"지금 메일 보내줄 테니까, 자세한 내용은 그걸로 확인해요."

—바로 보내줘요, 수정 씨 옆에 있으니까.

"네."

지영은 바로 손가락만 움직여 메일을 팀원끼리만 쓰는 시크릿 홈페이지에 올렸다.

—어, 올라왔네. 잠깐만요.

지영은 잠시 기다렸다.

한 3분쯤 지나, 허탈함과 어이없음 가득한 안젤라의 목소리가 들려왔다.

—이것들 진짜 미쳤네요. 크레이지!

"이유는 충분하죠?"

―그럼요! 근데, 작전은 있는 거죠?

"지금부터 생각해 봐야죠."

―후후, 기대되는군요.

"일주일 안으로 첫 번째 안가로 오세요."

―위.

뚝.

전화를 끊은 지영은 지도를 켰다. 아주 세부적인 정보는 안 들어왔지만 예상 지역은 적혀 있었다. 힘스에서 다마스쿠스로 가는 경로가 현재는 가장 유력하다고 나와 있었다. 하지만 지영은 고개를 갸웃했다.

'이쪽은 정부군 영역인데?'

행렬이 수도로 향한다.

그런데 치겠다고?

'미치지 않고서야……'

지영은 어쩌면 이 정보 자체가 함정일지도 모른다는 생각이 들었다. 그럼 블랙마켓에서 거짓 정보를? 지영은 그런 생각이 들었지만 바로 고개를 저었다. 그랬을 가능성은 거의 없었다. 아니, 아예 없었다. 아직 시간이 꽤 남았으니 급하게 결정하지 않아도 괜찮아 지영은 일단 더 지켜보기로 했다.

생각을 정리한 지영은 시간을 확인했다.

저녁 4시가 슬슬 넘어가고 있었다.

지영은 연락이 올 때까지 좀 쉬기로 결정하고, 눈을 감았다. 잠은 오지 않았지만, 그래도 눈을 감으니 마음이 좀 편해졌다.

*　　　*　　　*

지잉, 지잉.

테이블 위에서 울리는 진동 소리에 지영은 감았던 눈을 떴다. 스르륵, 소파에서 유령처럼 일어난 지영은 폰을 확인했다.

[30분 뒤에 출발할 거야.]

[별장 앞으로 갈 테니까 준비해.]

역시나 임수민에게 온 메시지였고 지영은 알겠다고 한 뒤 바로 준비를 했다. 소파 옆에 있던 가방을 열어 분장 세트를 꺼냈다. 분장 세트라고 해봐야 가발, 콧수염, 안경 정도의 기본 분장 도구였다. 하지만 딱 그 정도로도 지영의 얼굴은 벌써 반 이상은 사라졌다. 아니, 밤이라 강지영이라고 떠올리기도 쉽지 않을 정도였다.

스륵.

커튼을 슬쩍 들어보니 임수민이 모닥불을 피우고 있었고, 그 옆에 낯익은 뒷모습이 보였다.

"하아……."

그 뒷모습을 보는 순간 지영의 입에서 저도 모르게 신음 같은 한숨이 흘러나왔다. 너무나 보고 싶었던 사람이었다. 그런 자신의 연인이 바로 앞에 있는데 지영은 이상하게 발이 떨어지질 않았다.

왜?

그렇게 보고 싶었는데?

너무나 보고 싶어서 머릿속에 떠오르는 것조차 의도적으로 막았던 사람인데?

쿵, 쿵, 쿵, 심장이 뛰는 게 아니라 마치 비트 박스처럼 뛰는 것 같았다. 지영은 신기했다. 수없이 많은 삶을 살면서, 이 정도로 심장을 뛰게 하고, 감정을 흔드는 사람이 생길 거라고는 생각지 못했었다.

지잉.

[왜 안 나와?]

임수민의 문자에 지영은 들쳤던 커튼을 놓고는 천천히 문으로 향했다. 끼이익. 아주 작은 소리를 내면서 문을 열고 나간 지영은 천천히 은재를 향해 걸었다. 워낙 소리를 죽이고 걷는 터라 은재는 지영이 나온 것도 모르고 있었다.

"흐흐! 그래서요? 언니가 그래서 뭐라고 했는데요?"

은재 특유의 목소리를 듣자 가슴이 더욱 뛰었다.

"뭐라고 할 필요가 있어? 그냥 따귀를 확! 올려 쳤지. 그리곤 꺼져, 이랬더니 글쎄, 길길이 날 뛰는 거야. 뭐 반드시 지 발아래 무릎 꿇게 한다나 뭐라나 소리치면서."

"와, 대박! 그 배우 그렇게 안 봤는데 완전 쓰레기였네요?"

"쓰레기 정도일까? 더 심했어. 애, 말도 마. 결혼한 지 십 년 이 지났는데도 아직도 어린애들 보면 껄떡거려. 나중에 시간 되면 찾아봐. 그 새끼랑 같이 작품 들어가는 여배우들 보면 전부 신인들이다?"

"왜 신인들인데요?"

"이미 어느 정도 짬이 된 애들은 아니까 아무리 작품이 좋 아도 안 들어가지. 그러다 보니 배역이 비니 별수 있나. 신인 이라도 뽑아야지."

"와… 처음 알았어요. 연예계 진짜 무서운 곳이구나……."

지영은 은재가 그렇게 말하며 고개를 절레절레 저었을 때 쯤, 그녀의 뒤에 도착했다. 그때까지도 은재는 지영의 접근을 눈치채지 못했다. 지영은 천천히 손을 뻗어, 은재의 양 어깨를 잡았다.

그러자 은재가 흠칫! 놀라는 게 느껴졌다.

놀란 은재는 고개를 돌리려고 했지만 그것보다 지영의 말 이 빨랐다.

"돌아보지 마."

"……."

그 말에 은재의 떨림은 멎었고, 보는 임수민이 헛웃음을 지을 정도로 차분함을 되찾았다. 스윽, 손을 올려 어깨에 올린 지영의 손을 덮은 은재가 천천히 말문을 열었다.

"다 끝났어?"

"아니, 아직 안 끝났어."

"그래? 그런데 왜 왔어."

"……."

그런데 왜 왔냐니… 지영은 순간 말문이 턱 막혔다. 은재는 손에서 올라오는 따뜻한 온기와는 별개로, 은재 본인의 목소리는 지나치다 싶을 정도로, 듣는 지영이 서운하다 싶을 정도로 차분했다.

하지만 지영은 오히려 이런 은재 덕분에 입가에 미소를 지었다.

그래, 이래야 유은재지, 하는 마음 때문에 나온 미소였다.

"미안."

"으음, 아니야. 미안하기는. 너 나한테 잘못한 거 하나도 없어."

"그래도 미안해."

"어허!"

계속되는 사과에 은재가 짐짓 엄하게 지영을 꾸짖었다. 지영은 그런 은재가 고마웠다. 하지만 반대로 자신에게 부담을 주지 않으려고 노력하는 모습이 가슴을 아프게 했다. 반가웠을 것이다. 엉엉 울면서 품에 안기고 싶었을 것이다. 하지만 은재는 우는 것도 선택하지 않았고, 품에 안기는 것도 선택하지 않았다. 그와 정반대로 왜 왔냐며 지영을 나무라는 것을 선택했다. 차분히 가라앉아 있는 것 같아 보이지만 속은 또 절대 그러지 않을 것이다.

"지영아."

"응."

"얼마나 걸릴 것 같아?"

"좀… 오래."

"그래, 오래 걸리는구나. 그래도 기다릴 거야. 나 여기서 밥 잘 먹고, 일 잘하고 있을 테니까 너도 얼른 다 끝내고 와. 대신, 꼭 돌아온다고 해줘. 꼭, 꼭이야. 나 과부 만들지 말고."

"알았어."

"후우, 이제 그만 가봐."

"……."

벌써 가라고 한다.

반년이 훌쩍 넘어 겨우 만났는데 이제 다시 가라고 한다. 하지만 지영은 은재가 왜 그러는지 잘 알아서, 천천히 어깨에서 손을 뗐다. 그리곤 천천히 뒷걸음질 쳤다. 소리도 내지 않고 지영은 그렇게 은재와 점점 멀어졌다.

지영이 다시 별장 현관에 도착했을 때, 이렇게 보내도 괜찮느냐고 임수민이 은재에게 묻는 소리가 들렸다. 그리고 그 질문에 은재는 이렇게 대답을 했다.

"얼굴을 보고나면, 보내줄 자신이 없어요……. 흑."

끝에 들린 아주 작은 오열에 지영은 입술을 꾹 깨물었다. 힘들지만 그래도 지영을 보내야 한다는 것과, 미련을 잔뜩 남긴 채 보내서도 안 된다는 걸 은재는 그 짧은 순간에 깨달았다.

'꼭, 돌아올게.'

끼이익.

탁.

그 다짐과 함께 별장 안으로 들어온 지영은 자신을 바라보고 있는 유리를 향해 말했다.

"가죠."

화악!

불길이 이는 것처럼, 그 말을 끝낸 지영의 눈빛은 다시금 서늘하게 빛나기 시작했다.

이제, 끝을 보자.

Chapter103
당한 만큼 갚아줘야겠지?II

무더위가 이제 슬슬 자신이 물러가야 함을 깨닫고는 무시
무시한 마지막 폭염으로 대지를 달굴 때쯤, 지영은 시리아에
도착했다. 한국에서 일본, 일본에서 홍콩, 홍콩에서 베트남, 인
도, 사우디, 이집트, 터키를 마지막으로 딱 일주일에 거쳐 시
리아에 도착한 지영은 첫 번째 안가에 도착했다.

　"여, 잘 쉬다 왔습니까? 하하."

　안가로 들어가자 이전과는 다르게 확실히 여유가 있는 정
순철의 인사가 들려왔다. 지영은 그 인사에 고개를 끄덕이고
는 안가 안을 둘러봤다. 변한 건 하나도 없었다. 김지혜는 여

전히 상황 모니터 앞에 앉아 있었고, 안젤라와 성수정은 느긋한 표정과 자세로 소파를 차지하고 있었다.

"유리! 나 빼고 놀러 갔다 오니 좋았어?"

안젤라는 유리가 옆에 앉자 그녀를 끌어안으며 장난을 쳤다. 유리는 그런 안젤라의 장난에 그냥 고개만 끄덕이는 걸로 대답을 대신했고, 지영도 정순철의 옆에 앉았다.

"만나고 오셨습니까?"

"네, 가서 혼나고 왔습니다."

"혼나요? 은재 양이 화냈어요?"

"일 끝나고 오라고 냉정하게 돌려보내던데요?"

"이야… 지영 씨도 지영 씨지만, 은재 양도 확실히 장난이 아니네요. 하하."

인정.

유은재는 지영만큼이나 독한 여자였다.

물론 지영이야 그 이유를 잘 알아서 서운하거나 그러진 않았다. 그렇게 30분쯤 각자 회포를 푼 뒤, 지영은 팀원들을 모았다. 김지혜를 빼고 다들 둘러앉자 지영은 태블릿 PC를 내밀었다. 이곳으로 넘어오는 동안 두 번의 메일이 더 왔고, 그 메일에는 이번 라마단 기습 일정이 적혀 있었다.

어떻게 그걸 빼냈을까?

하는 의문은 다들 접어두고 시작했다.

블랙마켓의 운영자가 이미 지영의 지인이라는 사실을 눈치 채고 있었기 때문이었다. 서로 돌려가며 다 읽고 나자, 지영은 단호하게 얘기했다.

"이 작전, 저희가 막을 겁니다."

"흠… 알겠습니다. 근데 이거 딱 봐도 지영 씨 노린 함정 같은데, 괜찮겠습니까?"

"네, 압니다. 그래서 깨부술 겁니다."

함정인 거야 당연히 지영도 눈치챘다.

이건 그들로서는 손해 볼 게 없는 작전이었다.

지영이 안 나타나면 그대로 라마단 행렬만 습격하면 되고, 지영이 나타나면 바로 타깃을 지영으로 돌리면 되기 때문이었다. 하지만 그게 지영을 너무 거슬리게 만들었다. 함정? 파는 게 좋지, 빠지는 건 아무리 지영이라도 별로였다. 그래서 이번엔 지영이 먼저 함정을 팔 작정이었다.

"거기 두 번째 메일 보면 예상 경로와 인원, 무장 수준 보이죠?"

"네, 아따 많기도 하네요. 경로도 한 곳이 아닌데, 저희만 움직입니까?"

말은 많다고 하면서도 얼굴을 보니 전혀 겁먹지 않은 얼굴이었다. 애초에 특전사 부대 출신인 그는 이런 작전을 몇 번이나 뛴 적이 있었다. 그런 사람이 자신의 호위를 맡은 게 참 이

해가 안 갔지만, 이미 지난 간 일을 굳이 묻고 싶진 않았다.

"아니요. 이쪽 에이를 우리와 벨 팀이, 비를 로건 팀과 알파 팀이 맞게 할 예정입니다."

팀 알파는 지영이 계약한 세 명의 팀 중 마지막 팀이었다. 특수부대 전역 후, 다국적 PMC(Private Military Company)에 소속되어 있다가 나와서 따로 팀을 만든 이들이고 이들의 주 의뢰는 반군 상대에 대한 것만 받는 몇 안 되는 정의로운 용병 팀 중 하나였다.

"흠… 한쪽당 대략 삼백 정도. 총 육백? 이놈들 언제 이렇게 모았대?"

안젤라는 말은 그렇게 했지만 이미 어느 정도는 알고 있었다. 저들 전부가 정말 IS 단원은 아니다. 저들 중 태반이 아마 다른 마을에서 납치된 어린아이들일 것이고, 그들을 전면에 세워서 총알받이를 시키는 게 이놈들의 특기였다. 이런 방식은 지영이 가장 경멸하는 부류였고, 이번만큼은 지영도 사정을 봐줄 생각이 없었다.

포로?

마찬가지였다.

자기가 살기 위해 남에게 총구를 들이민다.

그것 또한 지영은 봐줄 생각이 없었다.

"인정사정 볼 것 없습니다. 그럴 여유도 없고요. 총을 들고 정말 순례 행렬에 다가가면, 모조리 사살합니다."

휘유…….

안젤라와 성수정이 지영의 단호한 말에 놀랐다는 것처럼 휘파람을 불었다. 아니, 실제로 놀란 얼굴이었다. 지금 지영의 말은 이전의 작전 때도 썼던 말들이다. 하지만 안에 담긴 감정이 달랐다.

무감정.

그리고 그 무감정을 베이스로 깔고 있는 단호함. 거기에 더해 두 가지 감정이 완벽하게 녹아들어 있는 눈빛까지 모든 게 이전의 지영과는 달랐다. 지영의 얘기를 들은 네 사람은 한국에 갔던 지영이 모종의 다짐을 했다는 것을 깨달았다.

씩.

"위……."

안젤라도 장난스러움을 집어 던지고, 특유의 전투 직전의 상태로 돌아가 대답을 했고, 그녀의 끈적끈적한 대답 뒤에 다들 고개를 끄덕였다.

"지혜 씨."

"네."

드륵.

지영의 부름에 그녀는 바로 의자를 돌려 지영을 바라봤다.

"세 팀에 메일 내용 첨부해서 보내세요."

"내용까지요?"

유출을 걱정하는지 한번 되묻는 김지혜. 그런 김지혜의 반응에 지영은 고개를 끄덕였다.

"이전의 작전으로 그들의 성향은 어차피 충분히 검증이 됐잖아요. 걱정 말고 보내세요."

"네, 의뢰로 넣을까요?"

"네. 가격은 전과 같이 해주시고요."

"네."

김지혜는 바로 메일 내용을 첨부해서 세 팀의 전용 메일로 의뢰를 넣었다. 지영은 그녀가 메일을 보냈다는 말에 고개를 끄덕이고는 다시 팀원들을 바라봤다.

"라마단 기간까지 아직 시간이 남았으니까 그때까지 몸 상태 최선으로 유지해 주세요. 그리고 큰 문제가 생기지 않으면 작전은 진행할 겁니다."

지영의 말에 다섯 개의 대답이 들려왔고, 그 대답을 들은 후 자리에서 일어난 지영은 자리를 파했다. 답답한 지하. 딱 3주 만에 다시 지하로 돌아왔다. 하지만 지영은 오히려 좋게 생각했다.

'끝내자, 이제.'

아주, 지긋지긋하다.

이번 라마단 순례 테러를 막은 뒤, 지영은 바로 머리를 치러 갈 생각이었다. 머리부터 줄줄, 정신 못 차리고 있을 때 죄다 찢어버릴 생각이었다.

'애초에 이것들은 시간을 줘선 안 돼.'

그러니까 자꾸 바퀴벌레처럼 기어 나오는 거란 생각이 들었다. 폰으로 임수민에게 대가리들의 위치를 최대한 빨리 알아봐 달라고 한 지영은 간이침대에 누워 눈을 감았다. 침대에 누우니 긴장이 풀리면서 졸음이 후다닥 달려들었다. 잠이 든 지영은 굳이, 그 졸음에 저항하지 않고 깊은 어둠에 몸을 맡겼다.

*　　　　　*　　　　　*

시간은 쏜살같이, 잘도 흘러갔다.

라마단 기간이 다가오고, 시리아 북쪽에서 지영이 주시하던 반군이 출발했던 정보를 접한 지영은 바로 용병 팀들에게 연락을 하고 안가를 떠났다. 안가를 떠난 지영은 힘스 근처에서, 에이 경로를 타격할 용병 팀을 접선했다. 안젤라의 안내로 안가로 들어오는 용병들을 보며 지영은 자리에서 일어났다.

"반갑습니다."

"흠, 반가워. 근데 보스가 이렇게 젊은 줄은 몰랐는데?"

지영은 자신의 손을 잡고 있는 여성의 말에 피식 웃었다.

"저도 벨 팀의 대장이 이렇게 젊은 줄은 예상 못 했습니다만."

"후후, 이 바닥이 나이가 중요한가? 돈과 실력이 중요하지."

말은 그렇게 하지만 벨은 지영이 용병 팀을 섭외할 때 가장 1번으로 뽑은 팀이었다. 돈보다는 인의를 중시하는 걸 조사를 통해 알 수 있었기 때문이었다. 벨은 용병 팀에게도 휴가를 주고 한국으로 올 때 블랙마켓을 통해 의뢰인과 연락을 하고 싶어 했고, 지영은 고심 끝에 그 연락을 받았다.

둘은 제법 긴 시간을 통화했다.

목적, 지향하는 방식, 향후 작전 방향 등을 심도 있게 얘기를 나눴다. 지영은 벨의 입장에서는 충분히 궁금해할 이야기라 생각해서 자신이 생각하고 있던 것들을 대부분 얘기해 줬다.

"얼굴은… 변장?"

"대놓고 드러낼 얼굴은 아닌지라. 왜, 신뢰가 안 갑니까?"

"설마, 신뢰야 충분히 쌓았지. 특히 로건 팀 구출 의뢰를 했을 때 아, 당신은 믿어도 되겠다는 느낌이 빡 하고 꽂혔지. 후후."

"다행이군요. 앉을까요?"

지영과 벨이 서로 마주보며 앉고, 나머지는 전부 그 뒤로 서서 대기했다. 누가 시키지도 않았지만 각자 자신들의 리더를 지키기 위한 기본적인 배치였다. 지영은 테이블 위에 바로 세부 지도를 깔았다. 이미 지도에는 에이와 비가 표시되어 있었다.

"우리는 여기 에이에서 기다릴 거고, 로건 팀과 알파 팀은 이곳 비를 지키고 있다가 타격할 겁니다."

"흠… 지형은 마음에 드네. 그런데 순순히 이쪽으로 들어오겠어?"

둘 다 한번 들어가면 다시 빠져나가든가, 아니면 통과를 하든가 둘 중 하나를 반드시 해야 하는 협곡 지형이었다. 하지만 바보가 아닌 이상에야 주변 정찰도 없이 이곳으로 들어올 리가 없었다.

"이 정도 인원을 때려잡을 예정이면 중화기가 엄청 투입될 건데… 흠, 그걸 숨기는 것도 일이겠는데?"

"굳이 숨길 생각 없습니다."

"숨길 생각이 없다고?"

"네."

지영은 고개를 끄덕였다.

적지 않은 인원이고, 지형상 지름길이기 때문에 놈들은 그곳을 포기하진 않을 것이다. 이 협곡을 포기하면 너무 돌아가야 하고, 그러면 최소 반나절은 돌아가야 한다. 그러니 정찰을 한 뒤 들어올 건데… 그렇게 되면 중화기들이 걸리게 된다.

'그러니 그냥 몰아넣으면 되지.'

그래서 지영은 그냥 돈지랄로 몰이사냥을 할 생각이었다.

"여기, 여기서부터 도로 양쪽으로 트랩을 설치할 겁니다. 그리고 놈들은 아마도 이 정도 거리쯤에서 멈춰서 정찰을 하려고 할 거고."

"아하, 몰아넣을 생각이네?"

"네, 이곳."

지형은 지도를 가리킨 뒤, 씩 웃었다.

"차가 멈추기 전에 이곳부터 뒤에다가 알피지를 계속 때려넣을 겁니다. 그리고 경로를 피해 가려는 조짐이 보이면 근처에 심어둔 트랩을 계속 터뜨려서 선두 차량이 옆으로 빠지는 걸 막을 겁니다."

"그럼 졸졸졸 그 뒤를 쫓아 협곡으로 들어갈 수밖에 없을 거고……."

"중간에 절벽도 터뜨려 버릴 겁니다."

"오……."

절벽을 날려 버리는 게 쉬운 일은 아니다.

하지만 돈과, 블랙마켓만 있으면 누워서 떡 먹는 것보다도 쉽게 절벽을 날려 버릴 수 있었다. 돈?

어차피 죽으면 다 사라질 거, 지영은 여기에 있는 돈, 없는 돈 전부 써버릴 작정이었다. 거기에 은정 백화점과, 임수민도 지원을 해주고 있어 지영의 돈지랄은 몇 년을 해도 마르지 않을 예정이었다.

"아예 가둬놓고 패시겠다……."

"그게 제일 안전하니까요."

"인정, 그게 제일 안전하긴 하지. 후, 그러면 사냥꾼이 있어야 하는데……. 우리가 그런 건 또 잘하지. 후후."

벨이 의미심장한 웃음에 지영은 고개를 끄덕였다.

지영이 벨 팀을 고른 이유도 여기에 있었다. 아프리카에서 반군을 상대해 온 그녀는 소탕, 섬멸 등에 진짜 일가견이 있었다. 지영은 절벽 위를 맡을 예정이고, 벨 팀은 스타트 지점에서 반군을 몰아넣을 몰이꾼 역을 맡길 예정이었다.

힐끔, 천장의 환기 시설을 본 벨이 품에서 담배와 지포 라이터를 꺼냈다.

치익.

"후우… 무기는?"

뭉게뭉게 피어 올라가는 연기를 힐끔 본 지영은 그녀의 질문에 답을 했다.

"가는 길에 쌓아뒀습니다."

"최신 무기는 바라지도 않고, 알피지나 이글라, 클레어모어는 넉넉하게 챙겼으면 좋겠는데?"

"도시 하나 날려 버릴 정도로 구해 드릴까요?"

"후후, 그 정도까지는 필요 없고, 제대로 불 쇼 할 정도면 충분하지. 그럼 우리는 내일 먼저 작전 지역 살펴보고 올게. 괜찮지?"

"네, 그래도 됩니다. 어차피 저희도 내일 갔다 올 생각입니다."

"좋아. 그럼 같이 가는 걸로 하지. 맞다. 우리 숙소는? 설마 여기서 다 쉴 생각은 아닐 거고."

"여기서 삼십 분 거리에 구해뒀습니다. 이따가 저희 팀원이 안내해 줄 겁니다."

"꼼꼼하네. 역시 마음에 들어."

"……"

어떻게 보면 지영이 이들의 고용주지만, 작전의 성공 여부는 이들에게 달려 있다 해도 과언은 아니었다. 그러니 잘 챙겨 줘서 나쁠 건 하나도 없었다. 잠시 더 얘기를 나눈 뒤, 벨 팀이 숙소로 이동했다. 그들이 떠나고 나자 지영은 더욱 제대로 실감했다. 짧은 휴가는 이제 완전히 끝났고, 승자와 패자, 생존자와 사망자를 가릴 처절한 전투만이 남아 있음을 말이다. 그리고 지영은 그 끝에, 반드시 살아남아 있을 생각이었다.

─후후…….

오랜만에 살심을 제대로 품어 그런지 폭군이 들썩였지만, 지영은 무시하고 눈을 감았다. 작전 시작까지 앞으로 최소

5일, 최대 7일, 지영은 그 동안 최대한 휴식을 취해둘 생각이었다.

휘이잉!

삭막한 바람이 드디어 내 세상이 왔다며 그 존재감을 세상 가득 퍼뜨리기 시작했다. 텁텁함과 서늘함이 요상하게 섞여 있는 기분 나쁜 바람이었다. 그런 찐득한 바람을 맞으며 지영은 마지막으로 무기를 점검했다.

기본 저격 라이플부터 시작해, 알퍼지, 이글라, 그리고 바닥에 단단히 고정시킨 미니 건에 수류탄까지, 중화기가 산처럼 쌓여 있었다. 이렇게 쌓인 무기로, 이제 이곳으로 들어올 적을 갈가리 찢을 일만 남았다.

점검을 끝낸 지영은 담배를 하나 꺼내 물고 불을 붙였다.

치익.

"후우……."

연기를 내뿜은 지영은 시간을 확인했다.

현재 시간 16시 40분, 이제 20분쯤 지나면 적이 모습을 드러낼 것이다. 지영은 일단은 느긋하게 다리를 뻗고 앉았다.

─Capitaine?

"네."

가끔 이렇게 대위, 혹은 대장 계급으로 호칭을 부르는 안젤라다. 하지만 이젠 익숙해서 어떻게 부르든 그리 신경 쓰진 않았다.

―여기 있는 예쁜이들 다 써도 돼?

피식.

예쁜이란 아마 그녀 옆에 산처럼 쌓아둔 화기를 일컫는 걸 거다. 전투가 시작되기 전엔 실제로 오르가즘 직전까지 올라가는지라 치명적인 끈적끈적함을 담은 그녀의 말에 지영은 바로 답을 해줬다.

"다 써요. 하나도 남기지 말고, 놈들 머리 위에 모조리 쏟으세요."

―흐흥, 위……

가만 보면 유리도 그렇고, 안젤라도 정상은 아니었다.

숨죽이고 작전을 준비 중인 벨과 비슷하게 갱단 두목의 사생아로 태어난 그녀는 너무나 일찍 무기를 들었다. 한창 부모의 사랑을 받아야 할 시기에 엄마를 매일 밤 구타하는 아빠의 머리통에 리볼버로 구멍을 뚫어버렸다. 그때부터 시작된 그녀의 피비린내 나는 삶은 그녀를 정상적인 삶에서 아주 멀찌감치 밀어버렸다.

―아이고, 이 언니 또 흥분했네.

성수정의 말에 지영은 참 자신의 주변에도 정상인이 없다는 생각이 들었다가, 이내 고개를 절레절레 저었다.

"내가 제일 정상이 아닌데 무슨 정상인 타령이냐."

무한한 환생을 거치고 있는 자신 자체가 일단 비정상의 극치였다.

치익.

─여기는 브라보. 타깃 확인했다. 여기는 브라보, 타깃 확인했다.

벨 팀에서 온 무전에 지영은 자리에서 일어났다.

치익.

"후우……."

쇼 타임이 오고 있었다.

지영은 마지막으로 메일을 확인했다. 따로 블랙마켓에서 온 정보는 없었고, 지영은 무전기 버튼을 눌렀다.

"여기는 알파, 바로 진행합니다."

─라져.

즉답으로 돌아온 대답에 지영은 일렬로 주룩 펼쳐놓은 화기 중, 9K38 이글라를 들었다. 소비에트 연방에서 제작된 이 단거리 미사일은 이곳 중동이나 아프리카에서는 알라의 요술봉만큼이나 자주 쓰이는 무기였다.

잠금장치를 풀고 기다리기를 몇 분, 콰웅! 저 멀리서 아련하게 폭음이 들려왔다. 첫 번째 공격이 시작된 것이다. 그 뒤로 연달아 쾅! 콰과광! 연달아 폭음이 들려왔다. 작정하고 지영이 지원한 무기가 반군을 무덤으로 인도하는 소리기도 했다.

쾅!

쾌앙!

소리는 점점 가까워졌다.

그리고 지영의 심장도 조금씩 빠르게 뛰기 시작했다. 전투 직전의 흥분은 안젤라뿐만이 아니라, 지영도 느끼고 있었다. 하지만 지평선 끝에서 선두 차량의 모습이 보이자 격렬하게 뛰던 심장이 다시금 정상 박동을 찾아갔다.

선두 차량이 경로를 틀려고 할 때면 바로 지척에 심어둔 폭탄이 터졌다.

쾅!

그럼 끼이익! 거칠게 핸들을 돌려 다시 무덤으로 차바퀴를 틀었다. 지영은 그런 선두 차량의 움직임에 씩 웃었다.

"눈치챘네?"

하긴 병신도 아니고 직접 갈길 수도 있었고, 아니면 도로 중앙에 폭탄을 심어놓았을 수도 있는데 사이드에서만 폭탄이 터지고 있는 상황이다. 그 정도면 바보가 아닌 이상 자신들이 함정에 빠졌고, 그중에서도 지금 몰이사냥을 당하기 시작했단 것쯤은 파악했을 것이다.

"하지만… 그걸 알아도 변하는 건 없지."

이미 완벽하게 걸려들었다.

선두 차량의 뒤로 줄줄이 트럭이 따라왔다. 그러다 입구쯤 도착하니 갑자기 선두 차량이 속도를 늦췄다. 본능적으로 눈치챈 것이다. 협곡 안으로 들어가면 죽는다는 걸. 마치 지옥으로 통하는 입구처럼, 끔찍한 기운을 발산하고 있는 걸 놈들도 느낀 것이다. 하지만 그냥 죽기는 싫은지, 잠시 뒤 중간에서 트럭 한 대가 방향을 틀어 내달리기 시작했다. 그걸 지영도 확인했지만, 아무런 지시도 내리지 않았다.

피유…….

하지만 저 멀리서, 하얀 연기 꼬리를 매단 이글라가 경로를 비틀어 달리기 시작한 트럭에 그대로 꽂혔다.

콰앙……!

귀가 먹먹한 굉음과 함께 트럭이 공중으로 붕 떴다가, 그대로 바닥에 떨어졌다. 그리고 그 과정에서 온몸에 불이 붙은 반군들이 마치 불붙은 마네킹처럼 사방으로 비산했다. 팔, 다리, 몸통, 목까지, 이글라의 폭발력에 찢겨져 날아다녔다.

그 광경은… 지극히 비상식적이었다. 마치 영화의 CG를 보는 것처럼 화려했지만 반대로 이질적이었다.

차량 한 대가 날아가자, 뒤따라 움직이려던 트럭들이 일제히 멈춰 섰다. 본능적으로 느낀 것이다. 움직이면 날려 버린다는 경고를. 그 경고는 섬뜩했고, 잔인했다. 말보다 훨씬 더 무서운, 실력 행사 앞에서는 솔직히 장사 없었다. 하지만 발악은 계속됐다. 트럭에서 일제히 반군들이 내려 퍼지기 시작했다.

─역시, 이렇게 나오네요.

정순철의 무전에 지영은 고개를 끄덕이며 대답했다.

"들어오면 죽는다는 걸 알 테니까요."

협곡은 지옥이다.

이미 그들의 머릿속엔 그런 공식이 세워져 있을 거다. 그래서 저렇게 반군들을 차에서 내리게 해 뿔뿔이 흩어지게 한 거겠지만… 이 정도도 생각 못 했을 지영이 아니었다.

부슝……!

부슝……!

부슝……!

섬뜩한 총성이 바람을 가르고 천지를 울리기 시작했다. 그리고 그 소리가 들리고 난 뒤 어김없이 하나씩 대가리가 날아가거나, 가슴에 구멍이 뻥 뚫린 채 바닥으로 픽픽 쓰러졌다. 벨 팀은 총 열두 명이다. 그리고 그 열두 명 전부가 저격수로서의 능력을 갖추고 있었다. 그리고 지영의 팀도 유리를 제외하고는 전부 저격이 가능했다. 협곡 위에서도 저격이 시작됐다.

부슝……!

부슝……!

픽! 퍼걱!

이제는 육신이 터지는 소리도 아련하게 들려왔다.

지영도 이글라를 내려놓고, 저격 라이플을 들었다. 엎드려 자세를 잡은 뒤에 스코프로 타깃을 잡기 시작했다.

부슝!

어깨로 오는 익숙한 반동에 지영은 저도 모르게 미소를 지었다.

픽!

첫 발은 땅바닥에 박혔다.

오차 범위를 수정한 지영은 다시 타깃을 잡고 방아쇠를 당겼다.

부슝!

픽!

이번엔 달려가던 반군 하나의 옆구리가 그대로 터져 나갔다. 탄환에 담긴 힘을 이기지 못하고 한 바퀴 휘릭! 피겨 선수처럼 돌고 바닥에 쓰러진 반군은 죽는다고 악을 쓰기 시작했다. 지영은 그놈을 그냥 무시했다. 옆구리가 제대로 날아가 내장이 흘러나올 정도의 부상이다. 지금 당장 병원으로 이송해 수술을 해도 살 수 있을까 말까 한 부상이라 그냥 내버려 둬도 알아서 저승행 기차에 잘 올라탈 것이다.

─흐, 흐흥······.

안젤라의 스산한 신음에 지영은 순간 몸서리를 쳤다.

일부러 켜둔 게 확실하다.

—아, 언니! 집중 안 되게!

—아, 쏘리. 나도 모르게 그만. 흐흥……

둘의 만담과, 뒤이어 들려온 정순철의 어휴… 하는 신음에 지영은 저도 모르게 고개를 절레절레 저었다. 확실히 정상이 아니었다, 아니, 지금 이 상황은 애초에 정상인이 견딜 수 있는 상황이 아니었다. VR 게임을 하는 것처럼 적이 픽픽 쓰러지고 있었다. 하지만 쓰러지는 적은 그래픽으로 만든 가상의 적이 아니었다. 실제로, 현실에 존재하는 생명체였다. 인간이라는 총칭으로 불리기도 하는 하나의 인격체다.

부슝!

부슝!

퍽! 퍼억!

그런 적들이 도망치다 말고 바닥에 픽픽 쓰러졌다. 머리가 날아가거나, 가슴에 구멍이 휑하니 뚫린 채로 너도나도 바닥을 뒹굴었다. 줄줄 흐르는 피가 대지를 적셔가면서 마치 하얗던 도화지에 붉은 물감을 칠한 붓으로 콕콕 찍어놓은 것 같은 느낌을 받게 했다. 그렇기 때문에 비현실적이었다.

살인.

그 감각을 굉장히 무디게 만드는 마법은 그런 비현실에서 발현됐다. 총성은 끝없이 울렸다. 사각이 없는 저격은 아무리 발버둥을 쳐도 트럭에서 내린 반군에게, 확실한 죽음을 선사했다.

부으응!

그걸 보면서 안 되겠다 싶었는지, 선두 차량과 중간, 후미의 차량이 갑자기 가속을 밟기 시작했다. 차량은 곧장 협곡으로 들어왔다. 아마 미친 듯이 밟아서 협곡을 그냥 돌파해 버릴 작정인 것 같았다.

지영은 씩 웃었다.

이것 또한, 이미 세부적인 작전을 짜면서 다 계산에 넣어둔 상태였다.

—휘유.

성수정의 탄성에 지영은 저격 라이플을 거두고, 다시 이글라를 집어 들었다.

부으응!

일곱 대의 차량이 미친 듯이 협곡을 내달렸다. 건너편에서 오는 차량도 없는지라 아마 어떻게 해서든 이대로 협곡을 통과하고 싶을 것이다.

치익.

—우리는 임무 완료!

벨의 무전에 지영은 버튼을 눌렀다.

"수고했어요. 멋있었고."

—후후, 뭐 밥 먹고 매번 하는 일인데, 뭐. 그럼 우린 좀 쉬고 있을 테니까 마무리 확실하게 부탁할게.

"네."

지영은 이번엔 헤드셋의 무전 버튼을 눌렀다.

"시작하죠."

—위.

—라져.

—라져.

—네엥.

마지막은 뭐지?

피유……!

지영의 생각이 더 길게 이어지기 전에 건너편 협곡에서 하연 연기가 피어올랐다. 두둥실 떠올른 연기는 급속도로 지면에 가까워지기 시작했다.

피유! 피유! 피유우……!

그리고 그 뒤를 따라 네 개의 미사일이 더 날았다. 마치 다연장 로켓에서 쏘아낸 것처럼 미사일이 쉴 새 없이 날았다.

쾅! 콰웅……! 콰광!

협곡 안으로 쏘아진 미사일은 바닥에 박히며 이전과는 다른 엄청난 폭발과, 화염을 쏟아냈다. 차가 폭발에 휩쓸려 이리저리 비틀렸지만 그래도 곧 중심을 잡았다. 하지만 알까? 일부러 직격시키지 않았다는 걸?

더욱 더 큰 절망을 선사하기 위한 초석일 뿐이었다.

"정 팀장님. 스위치."

―네. 스위치 카운트다운. 오, 사, 삼, 이, 일, 폭파!

지영은 카운트가 들려오자 등을 돌려 협곡에서 멀어졌다. 그리고 폭파 소리가 난 뒤, 쿠웅! 쿠르릉! 협곡에 붙여놓은 폭발물이 터지는 소리가 났다. TNT 폭탄을 곳곳에 막아놓고, 전선을 미리 연결해 놨었다.

협곡이 우르르! 지진이 난 것처럼 뒤흔들렸다.

폭파 경험이 풍부한 안젤라와 정순철, 그리고 벨 팀의 전문가 둘이 나서서 확실하게 박아 넣었고, 그런 노력이 있었기 때문에 협곡은, 아주 확실하게 무너져 내렸다. 굉음은 한참을 울리다가 가라앉았고, 그 뒤로 먼지가 뭉게뭉게 피어올랐다. 돌 부스러기가 후두둑! 우박처럼 쏟아졌지만 헬멧을 쓰고 있어 크게 문제는 없었다.

―와우, 퍼펙트……

안젤라의 흥분한 무전이 들려왔다.

협곡은 정말 완벽하게 무너져 내렸다. 한참을 기다리자 밑에서 부웅! 부으웅! 엔진이 거칠게 도는 소리가 들려왔다.

"못 나가게 막으세요."

―위.

차량 한 대가 급하게 바퀴를 돌려 다시 왔던 길을 되돌아 달리기 시작했다. 하지만 당연히 나가게 해줄 지영이 아니었다.

피유!

이제는 익숙한 로켓 소리가 들렸다.

콰앙!

콰광!

미사일은 그대로 차량의 앞 트렁크를 직격했고, 그대로 트럭을 날려 버렸다. 연쇄 폭발까지 일어나며 귀가 먹먹한 소음이 일어났다.

"으아아……!"

투다다……!

작금의 현실에 미치기라도 한 건지 반군 하나가 AK소총을 하늘을 향해 마구 갈겨댔다.

부슝……!

퍽!

그리고 그 발광은 스스로를 머리 잃은 시체로 만들어 버렸다.

지잉, 지잉.

목을 잃은 반군이 바닥에 쓰러지기 무섭게 가슴 포켓에 걸어났던 위성폰이 울기 시작했다. 이 폰으로 연락할 사람은 한 명밖에 없는지라 지영은 바로 전화를 받았다.

"응, 나야."

─정부군 출발했어. 마무리하고 빠져야 할 것 같은데?

"…알았어."

─오늘은 여기까지만 하고, 다음 작전 때 풀어.

"그래."

뚝.

전화를 끊은 지영은 한숨을 내쉬었다. 이놈들, 운도 참 좋다. 본래는 정신이 아예 너덜너덜해질 때까지 몰아붙이려고 했었다. 하지만 정부군이 출동하는 바람에 빠르게 마무리를 지어야 하는 상황이 되어버렸다. 그러니 이놈들은 차라리 운이 좋은 편에 속할 것이다.

치익.

지영은 쓴웃음을 짓고는 공용 채널로 무전을 열었다.

"시리아 정부군 출동했답니다. 지금 전부 정리하고 빠집니다."

무전을 끝내기 무섭게 무전기 버튼 소리로만 대답이 날아왔다. 지영은 잠시 협곡을 내려 보다가, 알라의 요술봉을 들어 올렸다. 잠시 뒤, 미사일 수십 발이 비처럼 협곡으로 쏟아져 내렸다.

작전은 두 군데 모두 성공적으로 끝났다.

비 포인트의 전투는 반군 차량 세 대가 빠져나갔다고 하지만 그쪽으로 온 트럭이 스무 대 가까이나 됐다고 하니 전투는 완전 대승이었다. 부상자가 몇 명 있었지만 찰과상 정도여서 크게 문제될 것도 없었다.

용병들과는 거기서 바로 헤어졌다.

이후 지영은 타드몰의 안가로 이동해 다시 휴식을 취하고 있었다. 블랙마켓에서 온 정보에 의하면 시리아 정부군도 이번 작전으로 인해 뿔이 단단히 난 상태라고 했다. 하긴, 그럴 만도 했다.

남의 나라에서 정체불명의 집단이 대규모 전투를 계속해서 벌이고 있는 마당이니 화가 안 나는 게 이상한 일이었다. 그들이 아무리 반군이라도, 그 자체를 알고 있느냐, 모르느냐의 차이는 바로 국가 자체의 무능을 증명하기 때문이었다. 하지만 그들이 아무리 그런다 해도 지영을 찾을 수는 없었다.

시리아 정부군의 움직임은 이미 정찰 계획서 입안 단계서부터 블랙마켓에 보고되기 때문이었다.

'대단하긴 대단하네, 진짜.'

돈이면 안 된다는 게 없다는 걸 지영은 이번에 제대로 깨달았다. 하지만 그걸 나쁘게 생각하진 않았다. 자신이 지금 이곳에서 하는 모든 전투도 결국에는 돈지랄이었기 때문이었다.

[메일 갔을 거야 확인해 봐.]

임수민에게 온 메시지를 확인한 지영은 바로 태블릿으로 메일함을 열었다. 메일을 확인하던 지영의 눈이 한 인물의 사진을 확인한 뒤 급격히 굳어갔다.

모삽 알 살리.

지영이 포위됐던 작전을 지휘한 총 책임자이며, 지영이 목표로 한 계파의 최종 보스 중 한 놈이기도 했다. 계보를 뒤지는 게 생각보다 오래 걸렸지만 지영은 이놈과, 또 다른 놈 하나의 목만 따면 시리아에서 볼일도 거의 끝나가겠다는 걸 알았다. 지영은 다시 한번 사진을 확인했다.

눈빛이 아주, 지독하게 생겼다. 착 가라앉은 눈빛은 정말 바늘로 찔러도 피 한 방울 나올 것 같지 않은 냉정함을 풍기고 있었다. 지영은 다음으로 놈의 현재 위치를 확인했다. 그리곤 인상을 바로 찌푸렸다.

"하필이면 라카냐……."

터키에서 내려오는 두 개의 강줄기가 만나는 지점에 있는 도시가 바로 라카다. 강의 지척에 있는 도시라 퇴로가 많고, 접근하기도 쉽지 않은 곳이다. IS 반군이 가장 몰려 있는 도시이기도 한 라카라 지영은 역시 대가리를 치는 작전이라 난도가 급상승하는 걸 깨달았다. 지영은 팀원들을 전부 호출했다.

따로 쉬고 있던 이들이 전부 모이는 데 걸린 시간은 1분 남짓이었다.

지영은 이번에도 태블릿을 먼저 보여줬다.

가장 신장이 작은 유리가 태블릿을 들고 그 뒤로 다닥다닥 붙어 확인하는 모습을 보자니 괜히 실소가 나왔다.

'이젠 아주 가족 같네.'

처음에는 그래도 서로 일말의 경계심이 있었다. 그도 그럴 게 안젤라와 유리는 돈을 받고 사람을 죽이는 선수였고, 반대로 성수정과 정순철은 나라의 녹을 먹거나, 나라를 위해 헌신했던지라 서로가 서로에게 거부감이 있었다.

하지만 몇 번의 전투 끝에 지금은 아주 가족처럼 스스럼이 없었다. 전우애의 끈끈함이 이들 사이의 벽을 허문 것이다. 지영은 이 상황이 나쁘지 않고, 오히려 훨씬 좋다고 생각했다.

"여기 반군 기지 있는 데 아닙니까?"

내용을 확인한 정순철의 말에 지영은 고개를 끄덕였다. 원 테이블을 두고 동그랗게 다들 앉자, 지영은 말문을 열었다.

"모샵 알 살리, 그놈이 저번 작전을 주도한 놈입니다. 그리고 목표로 했던 계파의 대가리 중 하나이기도 하고요."

"그럼 반드시 제거해야 할 놈이군요."

"네, 근데 하필이면 라카네요. 저기는 반군 기지라 들어가는 것도 쉽지 않고, 나가는 것도 쉽지 않을 겁니다."

"음……."

시리아를 가르는 강을 기준으로 지금 현재 북쪽은 반군, 남쪽은 정부군 지역이라고 보면 맞았다. 물론 강 아래에 반군이 점령중인 지역도 꽤나 많았다. 그 대표적인 곳이 바로 알레포였다. 그리고 알레포 말고도, 강의 남쪽으로 작은 도시와 마을 등 많은 곳을 현재 반군이 점거하고 있었다.

"그렇다면 일단 접근 자체가 문제겠네요."

"끌어낼 수 있으면 좋겠지만… 어째 쉽게 나올 것 같진 않습니다."

"밑에 보면, 이놈 조심성도 꽤나 많은 놈이라고 나옵니다."

지영의 대답에 정순철은 한숨을 내쉬고는 머리를 벅벅 긁었다. 라카는 벌집이다. 잘못 들어갔다가 갇히는 순간 진짜 답도 안 나올 것이다. 하지만 그래도 들어가야 했다. 이놈을 안 죽이고는 이 지긋지긋한 전쟁은 절대로 끝나지 않을 것이다.

"이 작전, 저는 들어갈 겁니다."

"혼자 말입니까?"

"네, 말려도… 어쩔 수 없습니다. 이놈은 반드시 제거해야 하니까요."

"음… 차라리 함정을 파는 게 어떻습니까?"

정순철의 의견에 지영은 고개를 저었다. 지영이라고 생각을 안 해본 게 아니었다. 그런데 이전의 협곡 전투 때문에 의심이 아주 끝까지 올라갔을 것이다. 게다가 비 포인트에서 살아 간 놈들에게 전황도 들었을 테니 정보가 새어나가고 있다는 것도 알 것이다. 그러니 지금 당장은 꿰어낼 각이 거의 보이질 않았다. 그런 자신의 생각을 얘기해 주자 다들 한숨을 내쉬었 다. 이러지도 저러지도 못하는 아주 복잡한 상황이었다.

"일단 기다려 보는 게 어떻습니까? 혹시 압니까? 놈이 뭔 일 이 생겨 밖으로 기어 나올지……."

"지영."

정순철의 말을 자르고 들어온 유리에게 지영은 시선을 돌 렸다.

"큼지막한 거 하나 던져보자."

"큼지막한 거?"

"응."

지영은 고개를 갸웃했다.

큼지막한 거라는 건 아마 미끼를 말하는 걸 것이다. 하지만 과연 어떤 미끼를 던져야 모삽 알 살리가 움직일지 지영은 떠 오르는 게 없었다. 그래서 빤히 유리를 바라보자, 유리는 손가 락으로 테이블에 있던 지도의 한 부분을 콕 찍었다가 반대쪽 끝을 다시 콕 찍었다. 알레포, 아부 카말.

"알레포, 아부 카말……?"

아, 아아…….

알레포의 호랑이, 카심.

민병대를 이끄는 기둥이자, 혼 자체인 사람이다. 그때 한번 봤던 카심은 과연 그렇게 불리고도 남을 사람이었다. 지영은 그와 비슷한 이를 몇 명 알고 있었다. 과거, 왜란에 참여했을 때 한번 보았던, 홍의가 그렇게 잘 어울렸던 인물이 바로 딱 카심과 비슷했다.

"알레포의 호랑이를 미끼로 던지자?"

"응. 그 사람 정도면 중앙으로 올라가고 싶은 그놈이 움직일 정도 아닐까?"

"음……."

확실히 그럴 만하긴 했다.

반군이 아무리 지랄을 해도 잡을 수 없었던 게 바로 알레포의 호랑이 카심이다. 그의 용병술과 전략은 열악한 환경 속에서도 언제나 그에게 승리를 안겼다. 한국에서도 중요하게 생각하는 지, 덕, 체를 완벽하게 품은 자, 그게 알레포의 호랑이 카심이다. 그런 그를 잡으면? 모삽 알 살리는 바로 중앙으로 진출이 가능할 것이다. 그걸 모삽 알 살리도 잘 알고 있을 것이고, 만약 카심이 라카 근처로 작전을 나간다는 정보가 아주 은밀하게 그에게만 전해진다면?

"나오겠는데……?"

곰곰이 생각하던 성수정의 말에 다들 고개를 끄덕였다. 지영도 왜 이런 생각을 못 했지? 그런 생각이 들었다. 하지만 그럴 만한 이유가 있었다. 지영은 자신 때문에 누군가가 피해를 입는 걸 극히 경계해 왔다. 이전의 작전도 그래서 함정이 될 걸 알면서도 먼저 타격한 것이다. 애초에 이곳에 온 이유도 자신 때문에 죽은 제자와 이민정 감독, 그리고 팬들과 시민들 때문이었다.

그래서 누군가를 이용한다는 생각 자체를 무의식이 막고 있었다. 하지만 유리나 다른 이들은 아니었다. 그들은 지영과는 다른 이유로 이곳에 있었다. 그래서 사고의 폭이 지영과는 다르게 넓었다.

"좋네요. 일단 연락해 봐야겠어요."

"괜찮아?"

"네."

유리는 지영의 대답에 기쁜 얼굴이 됐다.

마치 부모나 선생에게 칭찬받고 좋아하는 아이의 얼굴과 같아서 지영은 저도 모르게 손을 뻗었다가, 다시 내렸다.

"지혜 씨."

"네."

"카심 연락처 아직 있죠?"

"네, 있어요. 지금 할까요?"

"네, 연락해 주세요."

지영의 말에 김지혜가 바로 카심에게 연락을 했고, 잠시 뒤 굵은 목소리로 카심이 전화를 받았다. 지영은 수화기를 들고, 잠시 뒤 천천히 말문을 열었다.

"접니다."

유리의 의견이 좋기는 하나, 알레포의 호랑이를 설득하지 못하면 말짱 꽝이었다.

*   *   *

뚝.

전화를 끊은 카심은 허허, 웃음을 터뜨렸다.

"누굽니까, 카심?"

"일전에 의뢰를 넣었던 자네."

"아 그자… 그가 뭐랍니까?"

"재촉하지 말거라. 내 다 얘기해 줄 테니."

마침 회의 중이라 간부들이 다 모여 있었다. 카심은 지영과 나눈 통화 내용을 설명했다. 그랬더니 다들 얼굴이 붉으락푸르락 변했다.

"말도 안 됩니다! 어딜 감히 카심에게 그런 부탁을 한단 말입니까!"

"맞습니다! 반군의 간자가 아닌 이상에야 그런 부탁은 있을 수 없습니다! 카심! 지금이라도 바로 거절하십시오!"

"쯔쯔."

카심은 그렇게 말하는 간부들을 혀를 차곤 안쓰러운 눈으로 바라봤다. 인재가 없어서 그런지, 아니면 배움이 짧아서 그런지 이들은 너무 당장 눈앞에 보이는 것밖에는 보질 못했다. 다른 이도 아니고, 붉은 눈의 사신의 부탁이었다. 반군의 진형을 흔들어달라는 부탁으로 상당한 금액으로 의뢰를 했고, 그에 쓸 충분한 무기도 주었다. 게다가 가장 문제였던 식량까지 해결해 준 사람이 바로 붉은 눈의 사신이다.

정당한 거래였지만, 카심은 안다. 자신들이 붉은 눈의 사신에게 큰 도움을 받았다는 것을. 그러나 이들은 그걸 몰랐다.

'은을 입었으면 갚아야 하거늘······.'

이는 아주 당연한 이치였다.

그런데 당장 자신에게 미끼가 되어달란 부탁을 했다고 저렇게 성토를 하고 있었다.

"진정들 하거라."

"카심! 혹여 무슨 일이 생긴다면 이곳 아부 카말은 반군의 손에 넘어갈 것입니다! 그러니 그런 말도 안 되는 의뢰는 바로 거절해야 합니다!"

"모하드."

"네, 카심."

"너는 내가 없으면 아부 카말이 반군의 공격을 버텨내지 못한다고 보느냐?"

"네, 그렇게 생각합니다. 카심, 카심의 영도력이 없으면 이곳은 며칠도 버티지 못할 것입니다!"

"쯔쯔… 그럼 이곳에 있는 너희들은 전부 허깨비구나."

"네?"

"내게 지금 스스로가 필요 없는 존재라고 말하고 있지 않느냐."

"그건……."

모하드라 불린 남자는 바로 당혹한 표정을 지었다. 그리고 그걸 본 카심의 눈매가 매섭게 변했다.

"내가 없어도 이곳을 지킬 생각을 해야 하는 너희들이다! 이 길고 긴 내전이 끝날 때까지 신의 자식을 보살펴야 하는 너희들이 고작 그런 생각밖에 못하겠다면! 당장 막사를 나가라!"

"카심, 그, 그게……."

"시끄럽다!"

쩌렁!

카심의 호통에 막사에 모여 있던 간부들이 전부 자라목을 한 채 고개를 푹 숙였다. 그걸 보며 카심은 골이 지끈거려움을 느꼈다. 하나같이, 거기서 거기였다. 심성이 악한 것은 아니나, 능력이 없었다.

카심은 그날 봤었던 지영을 떠올렸다.

자신의 앞에서도 전혀 기죽지 않았던 붉은 눈의 사신은 매우 인상적이었다. 특히 아군도, 적군도 아닌 진형에 직접 찾아온 그 배포도 대단했다.

'그런 자가 내 사후를 이끌어준다면 내 편히 눈 감겠거늘……'

하지만 그는 이방인이었다.

카심이 부탁해도, 그건 안 될 일이었다.

좀 전의 호통으로 깨갱하고 고개를 숙인 이들을 지켜보던 카심은 더더욱 이번 의뢰를 받아들여야겠다고 생각했다.

언제가 될지 몰랐다.

내전의 끝이 언제인지도, 자신의 끝이 언제인지도, 아무것도 아직 정해진 게 없었지만 카심은 미리 준비를 시작해야 할 때임을 느꼈다. 그러려면 돈이 필요했고, 이번 의뢰를 위험해도 수락해야겠다고 생각했다.

"의뢰는 받아들인다."

"카심!"

"금수도 은혜를 갚는다. 신의 말씀에도 은혜는 갚아야 하는 것이라 나온다! 어찌 너는 신의 말을 따르면서 은을 갚지 말라고 하는 것이냐!"

"하지만 너무 위험합니다!"

"후우……."

안타까웠다.

자신의 안위를 생각하는 마음은 이미 눈빛에서도 보였지만, 그것밖에 보지 못하는 그의 옹졸함이 너무 안타까웠다. 카심은 손짓했다.

"나가거라. 내 따로 움직일 것이니 그 동안은 아무도 나를 찾지 마라!"

"카심, 제발!"

카심은 더 이상 얘기하지 않았고, 그 대신 자리에서 일어나 자신의 방으로 들어가 버렸다. 방 안으로 들어간 카심은 바닥에 좌선하며 생각했다.

부디, 이곳을 지켜줄 이가 나타나기를.

'부디 이 죄 없고, 힘없는 신의 자식들을 지켜줄 이가 나타나기를……'

그런 신의 사자를 신께서 보내주기를, 그 어느 때보다 간절히 기도했다.

다시 일주일 뒤, 지영은 알 트와르에서 유프라테스강으로 들어섰다. 터키와 연결된 이 강을 통해 지영은 라카로 이동할 생각이었다.

부으응!

첫 번째 작전에 썼던 요트가 물살을 가르며 느긋한 속도로 강줄기를 타고 이동했다. 시리아의 젖줄이라 불리는 강이라 강 주변에 마을과 도시들이 꽤나 보였지만 오랜 내전에 황폐해질 만큼 황폐해져 을씨년스럽기 그지없었다.

간간이 사람들도 보였지만 다들 잠깐 시선을 주고는 다시 자신의 생업으로 돌아갔다. 사실 이렇게 보트를 타고 가는 건 그리 좋은 방법이 아니었다. 일단 이곳에 어울리지 않는 게 보트이다 보니 이목을 끌기 딱 좋았기 때문이었다. 하지만 지영은 반대로 생각했다. 설마 이 미친놈들이 이렇게 눈에 띄게 들어올까? 하는 맹점을 노렸다. 지영은 이틀을 꼬박 달려 라카와 반나절 거리에 도착했다.

"여기네."

사람 하나 들어갈 만한 동굴로 들어가니 철문이 있었고, 비밀번호를 입력하니 기가 막히게도 도시의 안가와 흡사한 구조가 보였다.

"와… 무섭네, 무서워."

정순철의 탄성에 지영도 고개를 끄덕였다.

산속이다.

그런데 블랙마켓은 이곳에도 안가를 만들어놨다. 그것도 쾌적한 환경이었다. 타드몰이나 다마스쿠스의 안가처럼 그냥 살아도 될 정도는 아니지만, 이 정도면 매우 훌륭한 안가였다.

블랙마켓이 없었으면 어땠을까?

지영은 고개를 절레절레 저었다.

짐이라고 해봐야 개인 장구가 전부인지라 요트만 위장 천막으로 가려놓고, 지영의 일행은 안가에서 휴식에 들어갔다. 각자 늘어져 휴식에 들어간 모습을 보자면 한량이 따로 없었지만 사실 할 게 없었다.

지영의 의뢰를 받아들인 알레포의 호랑이 카심은 오늘 출발했다. 그는 이제 지영이 던져준 곳을 돌며 모습을 은근슬쩍 드러낼 것이고, 그 장소는 모삽 알 살리의 정보꾼만 있는 곳이 될 것이다. 그럼 그 정보는 당연히 알 살리에게 들어갈 거고, 그가 엉덩이를 움찔거리게 만들 것이다.

지영은 그때까지 기다려야 했다.

그다음은 대규모 무기 거래를 카심이 할 거란 정보를 다시 슬쩍 풀고, 그 거래 현장을 덮치러 알 살리가 나오는 그 순간이 지영이 움직일 때였다. 그러니 일단은 미끼를 덥석 물 때까지 지영의 팀은 할 게 없었다.

이틀간 배 위에 있던 것이 꽤 불편했는지, 팀원들은 각자 운동을 하고 오겠다며 나갔다. 지영도 주변 정찰을 할 생각에 무장을 갖추고 밖으로 나왔다.

밖으로 나오자 이 나라 특유의 텁텁한 흙냄새가 맡아졌다.

지영은 몸을 풀고 천천히 주변을 살폈다.

산 정상 근처에 인위적으로 파놓은 동굴이다.

주변에 우거진 수풀과 나무 때문에 몸을 숨기기에는 최적의 장소였는데, 대체 블랙마켓은 어떻게 이런 곳을 확보하고 있고, 동굴 안에 저렇게까지 세팅이 가능한지 의문이 뒤따랐다.

'더 무서운 건 저게 안가라는 거지.'

안가.

비밀을 유지하는 단어인 만큼, 이곳은 절대 일반인에게 알려지지 않았다는 뜻이었다. 그래서 무서웠다. 지영은 어쩌면 세계를 움직이는 흑막이 블랙마켓일 수도 있다는 생각이 들었다.

'생각해 보면… 그 정보력과 기술력을 미국이나 중국, 러시아와 유럽 열강들이 그냥 두는 게 말이 안 되잖아?'

지영도 알 정도고, 웬만큼 정보력이 있는 국가들은 당연히 블랙마켓의 존재를 안다. 그런데도 가만히 내버려 둔다?

'특히 미국은 절대로 가만있지 않을 건데?'

미국은 자국의 이득에 해가 되는 그 어떤 것도 용납하지 않는다. 그 사고 이후 지영을 그들이 어쩌지 못하는 건, 지영이 존재가 너무 커졌기 때문에 손을 대기가 너무 애매해졌기 때문이었다.

거기다가 요즘은 국제사회 발언권이 상당한 한국 정부가 이 악물고 막아선 것도 있었다. 그렇기 때문에 지영의 주변을 돌다가 그냥 포기한 것이다. 그리고 실제적으로 지영에게 얻어낼 수 있는 것도 별로 없을 거란 판단도 했을 것이다. 하지만 그건 지영 한정이었다. 블랙마켓에서 미국의 군사기밀을 어떤 개인이, 집단이, 혹은 국가가 원했고 그걸 팔았다면? 실제로 그런 일이 있었을 수도 있었다.

블랙마켓은 그들이 정한 금액만 지불하면 그 어떤 것도 '판매'하니까 말이다. 품목은 그게 정보든, 무기든, 장소든 가리지 않았다. 딱 하나, '사람'만 제외하고 말이다.

치익.

"후우……."

지영은 산 정상에 도착해 담배를 입에 물고는 주변을 둘러봤다. 산 아래 강이 흐르고, 그 뒤로는 넓은 평야가 시작되는 지형이다. 포위하기가 지랄 맞게 힘든 지형이다. 여길 포위하려면 산 아래까지 안 들키고 온다고 해도 못해도 오백 이상은 필요해 보였다.

"장소는 기가 막히지 않습니까?"

막 올라온 정순철의 말에 지영은 연기를 내뿜으며 대답했다.

"그러게요. 용케도 이런 곳을 찾았네요."

"작전을 할 때마다 블랙마켓은 정말 놀랍습니다. 무기를 조달하는 거야 무기상들도 그 정도는 하니 놀랄 것 없다지만, 정보와 이런 안가는 정말 볼 때마다 깜짝깜짝 놀랍습니다. 하하."

"그래도 우리 편이니 다행이죠."

"맞습니다. 우리 편이니 다행이지 적이었으면 정말 아찔합니다."

정순철도 지영의 옆에 앉아 담배를 하나 꺼내 물었다. 지영은 그런 정순철은 잠시 보다가, 다시 앞으로 보면서 조용히 말했다.

"정 팀장님, 고마워요."

"네? 뭐가요?"

후우, 지영의 말에 연기를 급히 뿜어낸 그가 되물었다. 정말 뭐가 고맙다는 건지 잘 모르겠단 얼굴이었다.

"그냥요. 여기까지 와서 도와주는 것도, 오기 전에 도와준 것도, 여러 가지요."

"하하, 별말씀을 다 하십니다. 제가 좋아서 온 겁니다. 어차피 지영 씨와 이놈들의 싸움은 누구 하나 죽어야 끝나는 싸움 아닙니까. 저는 특전사에 지원할 때부터 국가와 국민에 목숨을 걸었습니다. 아무도 안 알아줘도, 그렇게 살겠다고 다짐했습니다. 그런 제게 지영 씨도 국가의 명령이 없어도 지켜야 하는 국민입니다."

"……."

군인이다, 이 사람은 정말 천생 군인이었다.

"후우……."

연기를 내뿜은 그가 다시 말을 이었다.

"그리고 솔직히, 저도 화가 많이 났었습니다. 그렇게 지영 씨를 지킨다고 아등바등거렸지만 결국은 한 번도 사전에 막은 적이 없었습니다. 아직은 미약한 회사의 힘에 화도 났고, 그렇다고 혼자 와서 다 죽이고 다닐 수도 없고, 이러지도 저러지도 못하는 상황이었습니다. 그런데 그때 지영 씨가 혼자 여길 가겠다고 한 겁니다."

"……."

지영은 앞만 보고 묵묵히 들었다.

"고민은 조금도 없었습니다. 지영 씨의 생각을 알았을 때, 어떻게든 같이 가겠다는 생각이 가장 먼저 들었습니다. 처음에야 국가와 국민이었지만, 지금은 다릅니다. 지금은 개인적으로 강지영이란 인간의 끝이 어디인지, 이 사람을 얼마나 내가 모르고 있었던 건지, 그게 궁금합니다. 그래서 그걸 알아가는 요즘은 하루하루가 즐겁습니다."

"……."

"그리고 이런 이유도 있습니다."

"뭔데요?"

"아 내가 지금, 이쪽 세계에 전설로 남을 행보를 함께하고 있구나."

"큽……."

그 오글거리는 말에 지영은 저도 모르게 코를 먹었다. 다행히 연기를 다 뿜어냈기에 망정이지, 아니었으면 제대로 사레에 들릴 뻔했다. 그리곤 황당한 얼굴로 그를 바라봤다.

"지금 깜짝 놀랐어요."

"하하. 그렇습니까? 근데 진심입니다. 생각해 보십시오. 어느 미친 인간이 이런 작전을 수행합니까?"

"그거야 그렇지만……."

블랙마켓을 통해 진짜 돈지랄을 해대고 있는 지영이다. 안전에 최우선을 둬서 지금까지 족히 백억은 깨지고도 남았다. 고작 전투 다섯 번에 말이다. 물론 사용하지 않고 회수한 무기 대금은 빠지겠지만 그래도 결코 적은 금액은 아니었다. 하지만 그렇게 돈지랄을 해가면서, 차근차근 목적에 가까워지고 있었다.

"후우……."

연기를 내뿜은 그가 다시 말을 이었다.

"고작 여섯 명입니다. 지혜 씨는 비전투 요원이니 전투는 다섯 명이 수행하는 중입니다. 이것도 상식적으로 말이 안 됩니다. 그럼 구성원은? 한 명은 전 세계가 사랑하는 배우이자, 희

망의 아이콘으로 불리는 사람입니다. 한 사람은 전직 군인 출신 아저씨고, 다른 한 사람은 국가에서도 극소수만 아는 유파의 전승자입니다. 또 한 사람은 러시아 출신 킬러고, 다른 한 사람은 프랑스 출신 킬러입니다. 마지막 한 사람은 한국에서도 극소수만 아는 정보 단체 출신이지요."

"음……."

"이런 조합이 어디 흔합니까? 전 정말 상상도 못 할 조합입니다. 그런데 이렇게 다른 사람들이 지영 씨 한 명을 보고 모였습니다. 그리고 작전을 수행하고 있고, 전설을 써 내려가는 중입니다."

"……."

그래, 생각해 보면 뭐… 틀린 말은 아니었다. 이 말도 안 되는 작전은 역사에 기록은 안 되겠지만, 그래도 전설처럼 남을 작전임은 맞았다. 개인이, 아무리 중앙 계파가 아니라고는 하나 IS 단체 하나를 완전히 밀어버리고 있는 중이었기 때문이었다.

"그러니 저는 괜찮습니다. 지영 씨는 이제 남은 작전을 완벽하게 수행할 생각만 하면 됩니다."

피식.

끝까지 자신은 괜찮다고 해서, 지영은 결국에는 실소를 흘릴 수밖에 없었다.

"알겠어요."

"하하, 오… 석양이 꽤 멋들어집니다. 맥주나 하나 가지고 올 걸 그랬습니다. 하하하."

"그러게요."

붉게 진 노을이 정순철의 눈에는 멋들어지게 보였나 보다. 하지만 왜일까? 지영의 눈엔 핏빛으로 보였다. 하지만 괜히 부정 탈 것 같았기 때문에 입 밖으로 내진 않았다. 잠시 더 불길한 노을을 바라보던 지영이 막 담배를 하나 더 꺼내려는 찰나였다.

치익.

―지영?

유리에게 무전이 들려왔다.

치익.

"왜?"

―남자 둘이 데이트 재밌어?

그 말에 피식 웃은 지영은 정순철을 바라봤다. 그러자 그는 어깨를 으쓱하고 자리에서 일어났다.

치익.

―내려와, 나 배고파.

"응, 내려갈게."

가볍게 대답해 준 지영도 자리에서 일어났다. 한국에 갔다

오고 나서는 더욱 지영을 믿고 따르는 유리였다. 하는 행동이 마치 동생 같았고, 요즘은 거의 지영의 곁에 붙어 있었다. 정순철이 먼저 앞장서 내려갔고, 지영도 핏빛 노을을 한 번 더 바라봤다가 그 뒤를 따랐다.

*　　　　*　　　　*

"여긴가?"

"네, 카심."

시리아 민병대의 정신적 지주인 카심은 접선 장소 근처에 도착해 있었다. 아부 카말을 떠나 도시 몇 군데를 돌며 예의 붉은 눈의 사신이 보내준 장소에서 정체를 알 수 없는 사람들을 만나고 다녔다.

그렇게 일주일간 사람을 만나고 다녔더니, 마지막 미션이라면서 장소 좌표 하나와 날짜, 시간이 적혀 있었다.

"카심, 정말 괜찮겠습니까?"

"여기까지 왔으니 끝을 봐야겠지. 너는 내 걱정 말고, 주변이나 돌아보고 오거라."

"후우, 알겠습니다. 카심."

"가자!"

수하들이 떠나자 카심은 차에서 내려 절벽 위로 갔다. 카심은 1시간 뒤, 저 아래서 무기 거래를 할 예정이었다. 단순히 하는 척이 아니라, 실제로 무기 거래를 할 작정이었다. 그는 마지막까지 어려운 역할을 맡아줘서 고맙다며 의뢰금과는 별개로 상당량의 무기를 선물로 주겠다고 했다.

그리고 본인이 노리는 반군 대장이 이 무기 거래 현장을 노릴 예정이지만, 그건 중간에서 자신이 막을 테니 걱정 말라고도 했다. 카심은 그와 직접 통화하면서 그가 하는 말이 거짓이 아님을 알았다.

그의 목소리는 확신에 차 있었고, 반대로 자신이 다칠까 염려하는 기색도 있었다. 오랜 연륜을 통해 갈고 닦은 감으로 그의 말에 담긴 감정이 진실임을 카심은 알 수 있었다.

"후우……."

카심은 안타까워 한숨을 흘렸다.

왜, 이 땅에는 그런 사내가 태어나지 않은 것일까.

오랜 세월 이 땅을 지켜온 카심은 자신의 사후가 너무나 걱정이 됐다. 언제 죽어도 이상하지 않을 나이까지는 아니지만, 확실히 요즘은 몸이 예전 같지 않았다. 점점 체력이 떨어지고 있었고, 움직이는 게 무거워지고 있었다.

그래서 얼른 후계자를 세우고 싶은데, 마땅한 이가 없었다. 그렇다고 아무나 세울 수도 없었다.

무능한 지휘관이 가져오는 결과를 그는 너무나 잘 알기 때문이었다.

"후우……."

그런 안타까움에 카심은 연거푸 한숨을 내쉬었고, 그 한숨만큼 시간이 흘러갔다. 시간은 잘도 흘러 어느새 약속 시간이 다 되어가고 있었다.

"카심, 시간이 됐습니다."

그나마 가장 나은 모하드를 보며, 카심은 나오려는 한숨을 참았다.

"가자."

저 멀리서 다가오는 컨테이너 차량 네 대를 보며 카심은 등을 돌렸다. 그리곤 속으로 조용히 읊조렸다.

우리들을 이끌어 주시옵소서.

카심.

그는 생애 막바지에 이르러서야 알라신을 진정으로 믿기 시작했다.

길리슈트(Ghillie Suit).

1차 대전 당시 독일군 저격수에게 많은 병사들이 희생당하자 영국군 야전 사령부는 본국 총사령부에 의뢰, 영국 북부, 스코틀랜드 지방의 '산림감시대원'과 '사냥꾼'들을 초빙하게 된다. 이들은 로뱃 정찰대라는 이름으로 불리며 이들은 밀렵꾼

들과 싸울 때 착용하던 길리슈트를 입고 독일군 저격수들과 맞붙게 됐다.

그렇게 등장한 길리슈트는 지금도 널리 이용되고 있으며, 과학의 발전과 함께 같이 발전해 황량한 사막에서도 그 위용을 자랑하고 있었다.

지영도 이런 종류의 은신은 수많은 생이 있어 당연히 능하지만 길리슈트의 위용은 정말 끝내줬다.

─이야, 영국제 길리슈트가 왜 그렇게 비싼지 이제 알겠네요.

정순철의 무전에 지영은 피식 웃으며 대답했다.

"돈값 하는 것 같아요?"

─하하, 돈값 정돕니까? 이 정도면 바로 앞에서도 어째 못 알아볼 것 같습니다. 하하.

그 정도는 오버다.

한 10m 거리면 정말 못 알아볼 수도 있어도, 바로 코앞에서는 당연히 이상한 게 눈에 띌 수밖에 없었다. 만약 못 찾으면 그건 길리슈트의 위엄이 아니라, 인간이 문제인 거였다. 지영은 엎드린 상태에서 스코프로 전방을 살폈다. 이제 약속 시간이 다 됐는데 차량은 아직 보이지 않았다.

모삽 알 살리가 출발했다는 연락은 이곳으로 출발 전 블랙마켓을 통해 들었다. 그러니 슬슬 나타날 때가 됐는데, 보이지가 않자 슬슬 불안감이 엄습했다. 이 작전을 위해 거의 10억에 가까운 돈을 들였는데 여기에 알 살리가 나타나지 않으면 완전 나가리였다.

지영은 시간을 확인했다.

현지 시간 기준 17시가 다 되어가고 있었다. 스코프를 돌리니 카심이 블랙마켓에 의뢰한 무기를 거래하고 있는 장면이 보였다. 무기 거래는 그리 오래 걸리지 않는다. 그리고 저쪽 지형이 별로라 탈취할 거면 현장을 덮치는 게 가장 확실했다. 강과 인접해 있어서 카심의 이동 경로를 모르는 이상 함정을 파놓기도 어려운 상황이니, 지금 등장해 줘야…….

―전방에 차량 출현. 전방에 차량 출현.

씨익.

가장 멀리 떨어져 있는 안젤라의 무전에 지영은 입가에 회심의 미소를 그렸다.

"알 살리가 탔는지 확인해 주세요."

―지금 보고 있… 탔다. 전방 두 번째 차량에 알 살리 확인!

다행이었다.

10억이 그냥 증발하지도 않았고, 원하던 표적까지 결국 미끼를 물고 나타나 주셨다. 알 살리의 목적은 무기도 무기지만, 카심 그 자체였다. 그를 잡아 민병대의 정신적인 타격을 입혀 지도부의 인정을 받아 중앙으로 진출하는 게 그의 진짜 목적이었다.

지영은 바로 카심에게 전화를 걸었다.

잠시 신호가 가다가 진중한 목소리로 상대가 전화를 받았다.

—카심이오.

"알 살리가 오고 있습니다. 속히 거래를 끝내고 이동해 주셨으면 합니다."

—알겠소.

뚝.

전화를 끊은 그는 무기상과 몇 마디를 주고받더니 바로 무기가 담겨 있는 트럭에 올라탔다. 그때쯤 거래 현장에서도 보일 정도로 알 살리가 접근을 했다.

부웅!

부으웅!

트럭 세 대가 거친 엔진음을 토해낸 다음 바로 정해진 루트로 빠져나가기 시작했다. 그걸 본 지영은 다시 무전을 날렸다.

"안젤라 준비하세요."

—위.

지영의 바로 앞까지 경트럭 여섯 대가 오자, 갑자기 지면이 부르르 진동하기 시작했다.

콰앙!

쾅!

콰과광!

엄청난 굉음과 함께 미리 사이드에 박아두었던 클레어모어 열댓 개가 동시에 트럭 쪽으로 터졌다. 하지만 거리가 상당했기 때문에 트럭은 그대로 핸들을 틀어 폭발범위에서 벗어났다. 몇 대는 중심을 잡지 못하고 데굴데굴 굴러 버렸다. 지영은 그 장면을 서늘한 눈빛으로 바라봤다.

이번 작전의 개요는 두 번째 작전과 거의 흡사했다. 표적이 탄 차량이 다가오면 폭탄을 터뜨려 일단 멈추게 하고, 그다음은 저격과 미사일 폭격으로 가둔다.

깔끔하게 알 살리가 탄 차량을 터뜨려도 되지만, 지영은 이번만큼은 시간을 좀 더 끌기로 했다.

먼지가 걷히자 뒤집힌 트럭, 웅덩이에 빠진 트럭 등이 보였다. 몇 대는 속도를 늦추지 못했는지 그대로 한쪽 절벽에 대가리를 박고 있었다. 지영은 그 모습을 한번 살펴본 뒤 무전을 돌렸다.

"전부 사살합니다."

ㅡ위.

ㅡ라져.

부슝……!

부슝……!

연달아 터진 두 번의 저격이 비칠거리던 반군 둘의 대가리와 가슴을 날려 버렸다. 저격. 이제는 너무나 익숙한 패턴이지만 사실 소수로 다수를 상대할 때 저격만큼 좋은 것도 없었다. 미치지 않은 이상에야 몇 배나 차이가 나는 적을 죽이겠다고 돌격소총을 들고 달려갈 수도 없으니 말이다.

지영도 스코프로 영점을 잡고, 저격에 동참했다.

부슝!

퍽!

부슝!

퍽!

이제는 손에 익은 저격소총이 마치 한 몸처럼 느껴졌다. 그리고 적의 목을 날리는데도 아무런 감정이 들지 않았다. 그냥 기계처럼 묵묵히 목과 가슴을 날리고 있었다. 다들 저격이 익숙한지 한 발에 한 놈씩, 정확히 지옥으로 보내 버렸다.

부웅!

후미에 있던 멀쩡한 트럭 한 대가 급히 후진을 한 다음 바퀴를 돌렸다. 그대로 도망가겠다는 심산이었다. 하지만 그걸 멀쩡히 두고 볼 지영이 아니었다.

"안젤라."

─위.

잠시 뒤, 피유……! 이글라가 날아가 트럭의 정면을 정확히 때렸다.

콰웅!

콰앙!

미사일이 직격한 뒤 1차 폭발이 일어나고 그 뒤로 엔진, 기름 때문에 2차 폭발이 일어나며 트럭이 공중에 붕 떴다가 떨어졌다. 화력에 제대로 박살이 나면서 뼈대만 남아 불길에 휩싸인 트럭은 그 자체로 공포심을 유발시켰다.

하지만 이들에게 자비는 없었다.

부슝!

부슝!

밑에서 악을 쓰든 말든, 지영의 팀은 하나씩 전부, 확실하게 제거를 했다. 하지만 그래도 운이 좋아 살아 나가는 놈들이 있었다. 거기까지는 굳이 신경 쓰지 않았다. 어차피 살아 돌아갈 수 없을 걸 알고 있었기 때문이었다.

놈들은 모를 것이다.

'돌아가는 길에 반군이라면 이를 가는 레인저들이 있다는 걸 말이지.'

그들은 저번 포위 작전 때 전우 둘을 잃었고, 두 명이 더 은퇴하게 되었다. 그래서 화가 아주 머리끝까지 올라온 상태였다. 하지만 그래도 작전은 언제나 냉정하게 치렀다. 오늘도 마찬가지였다. 지영이 의뢰한 건 도망가는 반군의 뒤처리였다.

로건 팀은 분명히 이를 갈고 있는 상황인데도, 묵묵하게 의뢰를 받아들였다.

중심을 잃지 않으려는 그 모습에서 지영은 프로 의식을 아주 진하게 느꼈다.

투다다다!

투다다다다!

"나와!"

"으아아아!"

부슝!

부슈웅!

픽! 퍼억!

트럭 뒤에서 미친 듯이 총을 난사하던 반군 둘의 머리가 시간 차를 두고 터져 나갔다.

─지랄 떨기는, 쯔!

성수정의 거친 무전이 들려온 걸 보니 지영 다음으로 머리를 날린 저격은 그녀의 솜씨였나 보다. 기동성을 올리기 위해 경트럭으로 왔고, 인원도 소수라 장내는 금방 정리가 되어갔다. 악을 쓰는 소리도 없어졌고, 신을 찾는 소리도 없어졌다. 하지만 전투가 끝난 건 아니었다. 싱겁기 그지없는 전투였지만, 아직 가장 중요한 마무리가 남아 있었다.

모삽 알 살리.

이번 작전에서 반드시 죽여야 하는 놈이 어딘가에 숨어서 아직 기어 나오지 않고 있었다.

"살리 본 사람?"

―못 봤어요.

―못 봤습니다.

안젤라와 정순철을 시작으로 전부 못 봤다는 무전을 보내 왔다. 처음에 안젤라가 놈을 확인했으니까 아예 안 온 건 아 닐 것이다. 그저 잔해나, 뒤집어진 트럭, 혹은 벽에 처박힌 트 럭에 숨어 있을 것이다.

부숭!

슬금슬금 벽을 타고 도망가려던 반군의 등짝이 터져 나갔 다. 붉은 피가 쭉쭉 솟구치더니, 몸을 부르르 떨던 반군이 그 대로 축 늘어졌다. 곳곳에 피로 점철된 전장을 보면서 지영은 어쩌면 여기가 지옥이 아닐까 하는 생각이 들었다. 아니면 악 마가 심심해서 만든 놀이터나, 그런 곳 같았다.

머리가 힐끔 올라오는 게 보였다. 지영은 그걸 보고는 무미 건조하게 방아쇠를 당겼다.

부숭!

부숭!

퍼벅!

거의 동시에 눈 양쪽이 터져 나갔다.

지영 말고 또 누가 반군을 노리고 거의 동시에 저격을 한 것이다.

—와우!

무전을 들어보니 안젤라 같았다.

이후 다시 잠시 소강상태에 들어갔다.

치익.

—사장님?

김지혜?

치익.

"네."

—공용 채널 열어보세요.

"공용 채널이요? 네, 알겠어요."

채널을 그녀가 말한 대로 공용 채널로 돌렸더니, 어눌한 영어가 들려왔다.

치익.

—모삽 알 살리다. 협상을 원한다. 모삽 알 살리다. 협상을 원한다.

피식.

협상?

협상을 하자고? 재미난 소리를 한다.

치익.

"무기를 버리고 중앙으로 나와라. 그럼 협상해 주지."

─안전은?

"안전? 지금 그걸 따질 때가 아닐 텐데? 우리가 작정하고 내려가기 전에 나와."

─안전이 보장되지 못하면 움직일 수 없다.

얼씨구⋯⋯.

지영은 다시 실소를 흘렸다.

이런 놈을 지영은 정말 수도 없이 겪어봤다. 절대로 순순히 협상할 마음은 없을 것이다.

치익.

"그럼 그대로 뒤지던가."

지영의 서늘한 말에 모삽 알 살리의 무전은 다시 들려오지 않았다. 하지만 지영은 그냥 기다렸다. 이놈은 어차피 선택의 여지가 없었다. 이놈이 선택할 수 있는 거? 이곳은 애초에 정부군의 영토다. 기다려도 오는 건 정부군이 먼저지, 결코 IS 반군이 아니었다. 정부군에게 발각되면?

체포되면 진짜 다행이고, 아마도 현장 사살 정도 처분이 떨어질 수도 있었다. 그걸 아는 놈이라 협상도 먼저 제안한 것이다.

치익.

─나가겠다.

거봐라.

지영은 슥 웃었다.

잠시 뒤 모삽 알 살리가 양손을 들고 천천히 중앙으로 걸어 나왔다. 선택의 여지가 없으니 저게 당연한 결정이었다. 끝까지 숨어 있어도 어차피 죽는 건 매한가지니, 적의 말을 믿어야 하는 상황밖에 없는 것이다. 그건 곧, 선택지 자체가 없다는 말이었다.

지영은 천천히 자리에서 일어났다. 스코프에 하도 오래 눈을 대고 있어서 한쪽 눈이 뻑뻑했지만 이 정도야 별문제도 아니었다.

치익.

―조건을 말해라. 가능한 모든 것을 들어주겠다.

일어나서 절벽 쪽에 서자 모삽 알 살리는 바로 지영을 확인하곤 무전을 날려왔다. 지영은 그런 알 살리의 말에 씩 웃었다.

"내 조건? 니가 지옥으로 떨어지는 거."

부슝……!

부슝!

부슈웅!

퍽! 퍼억! 퍽!

알 살리의 머리와 가슴, 그리고 목이 지영의 말이 끝나는 순간 터져 나갔다. 괴상하게 트위스트를 추던 알 살리의 몸이 바닥에 철퍼덕 쓰러졌다.

손발이 이렇게 잘 맞을 수 있나 해서 지영은 다시 실소를 흘렸다.

—지영 악마.

"내가 쏜 것도 아닌데 왜 나한테 그래?"

—지영이 신호 줬잖아.

"뭐… 그렇기야 하지만."

저격은 안젤라와 성수정, 그리고 정순철의 솜씨였다. 말이 끝나는 순간 셋은 그 말이 신호임을 알아채고 바로 방아쇠를 당겨 버린 것이다.

치익.

—정부군 출발했습니다.

김지혜의 무전에 지영은 모삽 알 살리의 시신을 잠시 보다가 몸을 돌렸다.

"돌아가죠."

—위.

—네.

두 개의 대답이 들려온 뒤 지영은 장비를 챙겨 그대로 몸을 돌렸다. 이렇게 이번 작전 또한, 완벽하게 끝났다. 하지만 이전에도 그랬다. 두 번의 작전 뒤에 항상 위기가 찾아왔었다. 그리고 이번에도… 그 흐름은 끊어지지 않았다.

＊   ＊   ＊

　안가에 도착한 지영은 쉬지도 못하고 카심의 연락에 인상
을 찌푸려야 했다.
　"확실합니까?"
　ー그렇소. 대대적인 병력이오.
　"얼마나 된다고요……?"
　치익.
　"후우……."
　담배에 불을 붙인 지영은 먼지가 잔뜩 묶은 손으로 눈가를
비볐다.
　ー현재 보고에 위하면 삼천이 훌쩍 넘소.
　"……."
　씨발…….
　알레포의 호랑이가 움직였다고, 그를 잡겠다고 3천이 넘는
반군이 아부 카말로 진군하고 있었다.

Chapter104
피에 잠기는 도시

부으응!

거칠게 달리는 험비 안에서 지영은 있는 대로 인상을 쓰고 있었다.

"지금 어디쯤이라고?"

—강 건넜어.

"염병……."

—이렇게 갑작스럽게 움직일 줄은 우리 쪽도 예상하지 못했어. 그쪽에서도 단단히 준비했는지 정보가 풀린 게 하나도 없었고.

"카심은?"

—거리상으로 보면 공격이 시작되기 전에 아슬아슬하게 아부 카말에 도착할 거야.

"그가 제시간에 도착하길 바라는 수밖에 없겠네."

카심이 없는 아부 카말은 텅 빈 깡통이나 다름없었다. 그가 있기에, 그가 있어야만 아부 카말이 난공불락의 요새로 존재하기 때문이었다.

"시간을 끌어볼 순 없을까?"

—지금 당장 고용 가능한 용병도 없어. 니가 고용한 용병 세 팀도 두 팀은 니 뒤에, 한 팀은 카심과 비슷한 거리에 있어.

"후우……."

이번 사태는 전적으로 지영의 잘못이 못해도 80% 이상이었다. 그가 카심을 움직였기 때문에 반군에서 아부 카말을 노릴 작전을 짜기 시작했고, 지금 이 순간 이천의 반군이 아부 카말을 향해 진격하고 있었다.

말이 이천이지, 제대로 전투를 치른 정예병이면 정말 농담이 아니었다.

"근처에 정부군은?"

—아부 카말이 목표라는 걸 아니까 일단 지원 병력이 도달하기 전까진 기다릴걸?

"개새끼들······."

시리아는 정말 개판이었다.

제일 쓰레기는 당연히 IS반군이지만, 정부군도 지영이 보기엔 똑같은 쓰레기들이었다. 이런 세상에 태어나는 아이들이나, 살아가는 사람들이 지영은 불쌍해질 지경이었다. 아니, 애초에 어떻게 지금까지 살아왔는지 의문까지 들었다.

─일단 되는대로 알아볼게.

"부탁해."

─그래, 알겠어.

전화를 끊은 지영은 후우, 한숨을 내쉬었다. 그런 지영을 보는 팀원들의 표정도 좋지는 않았다. 기껏 작전 하나 잘 끝냈더니 이건 뭐, 그것보다 훨씬 더 큰 폭탄이 데굴데굴 굴러오고 있었다.

게다가 이번엔 제대로 된 작전도 못 짰다. 이전의 모든 작전은 철저한 작전 끝에서 완벽한 승리를 일궈냈었다. 하지만 지금은 단순히 지원을 가는 형태였고, 아마도 도착하면 교전이 한창일 것이다. 반군 2천을 상대로 고작 다섯 명이서 무슨 작전을 할 수 있을까? 계란으로 바위 치기도 정도껏이지, 솔직히 말하면 지금 지영이 가도 아무런 도움이 못 될 수도 있었다. 하지만 그렇다고 안 갈 수도 없었다.

"일단 한숨 자둬요. 긴 시간이 될 것 같으니까."

"위."

"네, 알겠습니다."

안젤라와 정순철이 지영의 말에 얼른 대답을 하고 자세를 잡고 눈을 감았다. 지영도 마찬가지였다. 잘 수 있을 때 일단은 최대한 자두는 게 좋았다. 그렇게 한참을 잠들었다 깼을 때는 해가 완전히 진 저녁이었다.

차에서 내린 지영은 엔진을 살펴보고 있는 김지혜와 정순철에게 다가갔다.

"무슨 일 있어요?"

"아니요, 엔진에서 이상한 소리가 나서 지금 잠깐 보고 있습니다."

"고장?"

"하하, 그건 아닙니다. 지혜 씨가 차 쪽으로도 빠삭해서 금방 고쳤습니다."

"다행이네요. …후우."

안도의 한숨을 내쉰 지영은 얼굴에 숯검정을 묻힌 지혜를 향해 물었다.

"지혜 씨."

"네."

"얼마나 남았어요?"

"세 시간 정도 남았습니다."

"음……."

세 시간이라…….

교전이 시작됐을 시간이었다.

카심에게 따로 온 연락이 있냐고 물었지만 김지혜는 고개를 저었다.

치익.

"후우……."

바위에 앉아 담배를 하나 물고 불을 붙였다. 먹구름이 낀 밤하늘은 별 한 점 보기 힘들었다.

'비 오겠는데.'

우천 전투는… 정말 최악의 상황 중 하나였다. 땅이 진창이 되면 일단 움직임에 엄청 부담을 주기 때문이었다. 잠시 뒤 지영은 팀원들과 씨레이션으로 식사를 했다. 그리곤 다시 차를 타고 출발했다.

두둑.

두두둑.

"아, 씨……."

아니나 다를까 빗방울이 차창을 때리기 시작했고 지친 김지혜 대신 운전대를 잡은 안젤라가 바로 짜증을 내기 시작했다. 하아, 지영도 한숨을 내쉬었다. 잠시 뒤 한두 방울씩 떨어지던 빗방울이 엄청난 기세로 천지를 두들기기 시작했다. 하지만 그래도 차는 쉼 없이 달렸다. 한참을 달려서 멀찍이, 붉은 화광에 쌓인 아부 카말이 보일 때쯤 험비는 멈춰 섰다. 차에서 내린 지영은 일단 무장을 갖췄다.

지영은 무장을 갖춘 뒤, 카심에게 연락을 했다.

신호는 가지만 카심은 연락을 받지 않았다.

거리가 상당해 교전이 벌어지고 있는지 아닌지 아직까진 파악이 불가능했다. 지영은 카심의 뒤에 있을 팀 알파에 연락을 취했다. 다행히 지영이 고용한 용병 세 팀은 아부 카말 지원 의뢰를 받아들였다.

─알파 팀이오.

"커멘더입니다."

─말하시오.

굵직한 알파 팀 대장의 목소리에 지영은 바로 본론으로 들어갔다.

"지금 어디쯤입니까?"

─아부 카말 안이오.

"카심과 같이 있습니까?"

─그와 같지 있진 않소.

같이 있진 않다……

하지만 목소리를 들어보아 아직 그가 죽은 것 같진 않았다. 하긴, 첫 교전에 죽을 정도면 그가 알레포의 호랑이로 불리며 민병대의 정신적 지주로 불리지도 않았을 것이다.

"상황은요?"

―첫 교전이 벌어지고 지금은 소강상태요. 하지만 전황은 그리 좋지 않소. 일단 무장 수준이 비슷하고, 경험의 차이와 병력 차이가 너무 나오.

"흠……."

―그리고 그것보다 더 큰 문제가 있소.

"더 큰 문제?"

―아무래도 특수 훈련을 받은 이들이 반군에 섞여 있는 것 같소. 전문 스나이퍼도 있소. 수는 못해도 스물 이상이오.

"……."

특수 훈련을 받은 팀이 반군에?

말도 안 되는 소리였다.

'그 정도 실력이면 어디를 가던 떵떵거리고 살 수 있을 건데 고작 반군의 무리에 섞여 아부 카말을 때리고 있다고? 지나가던 개도 믿지 않을 소리지.'

지영은 이번 전투에 또 뭔가가 끼어들었다는 것을 직감했다. 하지만 그걸 파악하는 건 나중 일이었다.

―스나이퍼를 해결하지 못하면 이쪽도 운신이 매우 어렵소.

"후……."

저격수가 이래서 무서운 거다.

지영도 그걸 아니까 저격전을 고집했던 거다. 일반 보병 백 정도는 거리만 충분하고, 전장만 잘 설정하면 스나이퍼 다섯만 있어도 모조리 죽일 수 있다. 그리고 전투는 그렇게 단순하지 않았다. 약으로 광인을 만드는 게 아닌 이상 같이 돌격하던 동료의 대가리가 퍽! 퍽! 터져 나가면 그냥 아무 데나 몸만 숨길 수 있는 곳에 대가리를 처박고 움직이지 못할 것이다. 저격수란 그런 것이다.

그래서 그 존재가 귀하고, 양성 과정도 굉장히 빡빡하다. 그래서 한 개의 구대에 저격수는 많아야 하나에서 둘밖에 편성이 안 되는 것이다. 그렇게 보면 지영의 팀이 정말 특수한 팀이었다. 김지혜를 제외한 전원이 정밀한 저격이 가능하니 말이다.

"알겠습니다. 방법을 생각해 보겠습니다."

─빨리 부탁드리오.

"네."

전화를 끊기 무섭게 이번엔 임수민에게 전화가 왔다.

"응."

─어디야.

"아부 카말 근방."

─일단 움직이지 말고 있어봐.

"그리고 싶은데, 반군에 특수 팀이나 특수 팀 출신들이 섞여 있나 봐."

―끙……

지영의 말에 임수민은 대번에 앓는 소리를 냈다. 지영이 한 말의 의미를 대번에 파악했다는 뜻이기도 했다.

"근데 왜 움직이지 말라고 한 거야?"

―시리아 정부군이 이제야 움직이기 시작했다. 아부 카말에서 다섯 시간 거리로 군을 집결시키고 있다는 보고야.

"이제야."

―응, 분명 정보를 흘려줬는데도 이제야 움직이네.

"씨발 새끼들……"

지영은 전에 없이 짜증스러운 기색으로 욕을 내뱉었다. 시리아 정부군이 병신도 아니고 아부 카말의 전투 소식을 지금에서야 접했을 리는 절대로 없었다. 게다가 임수민이 이미 보고를 받은 즉시 시리아 정부군에도 알렸는데, 여태껏 미적거리다가 이제야 군을 움직이기 시작했다. 지영은 그 이유를 오래 고민할 것도 없이 바로 눈치챘다.

"카심이 죽길 원하는 거지?"

―응.

"……"

민병대.

정규군이 아닌 일반 시민으로 이루어진 조직이 바로 민병대다. 그리고 카심은 그런 민병대의 정신적 지주다. 그러다 보니 시민들이 알라신 다음으로 존경하는 게 바로 카심이다. 시리아 정부는 그게 눈꼴 시린 것이다. 그래서 이번 전투로 카심이 죽길 원한 것 같았다. 하지만 아예 모른 척했다간 정말 시민 폭동이 일어날 수도 있으니 일단 기다렸다가 이제야 군을 움직이기 시작하는 것이다.

"이러니 나라가 반쪽이 나도 십 년이 넘도록 수습을 못 하고 있지."

정부가 특정 개인을 시기하는 것도 말도 안 되지만, 그가 죽으면 아부 카말에 있는 시민들도 같이 죽는다. 노약자나 사내는 모조리 죽을 거고, 어린애나 여성들은 죄다 끌려갈 것이다. 그렇게 끌려간 이들의 말로는 뻔하다. 비참하단 말로도 표현하지 못할 일들을 겪게 될 것이다. 차라리 팔려 가면 다행인 운명이 그들을 기다리고 있을 것이다.

쿠웅······!

쿠구궁······!

지축이 울리는 소리가 연달아서 몇 번이나 들려왔다. 지영은 반사적으로 아부 카말로 시선을 돌렸고, 빗줄기를 뚫고 화염이 솟구치는 걸 볼 수 있었다. 전투가 재개된 것이다.

"전투 다시 시작됐다."

─시간이 없으니까 장기전으로는 안 갈 거야.

"알아. 그러니 적어도 정부군이 오기 전에 카심만큼은 잡을 생각이겠지."

─구하러 들어갈 거야?

"가야지. 나 때문에 이 사달이 났는데."

─후… 하여간 참 냉정하지 못해.

피식.

냉정? 지금 지영은 충분히 냉정한 상태였다.

카심이 움직이지 않았다면, 그를 지영이 움직이게 만들지 않았다면 지금 이 상황은 오지 않았을 것이다. 지영은 그 책임을 피하지 않을 생각이었다.

─아부 카말 지도 보내놓을게. 그리고 위성 영상도 같이. 실시간은 아니고… 한 오 초에서 십 초 정도 늦다고 보면 돼.

"땡큐, 고맙다."

─고맙기는, 확실하게 끝내고, 조심하고, 우린 이번 생에 해결해야 할 게 많으니까.

"이런 곳에선 안 죽어. 은재 때문에라도 여기선 못 죽는다."

─후후, 확실한 이유네.

"끝나고 연락할게."

─그래, 수고.

뚝.

전화를 끊은 지영은 경계를 서고 있던 팀원들을 불러 모아 상황을 설명했다. 안젤라와 정순철의 얼굴이 스나이퍼 대목에서 와락 찌그러졌다.

"스나이퍼 이십이면 절대 만만한 전력이 아닙니다."

"알파 팀이 들어가서 먼저 확인 안 했으면 우리도 들어가다 머리가 날아갔겠는데요?"

정순철의 말을 성수정이 받았고, 지영은 고개를 끄덕였다. 실제로 알파 팀이 합류해서 저격수의 존재와 수를 알아냈기에 망정이지, 아니었으면 진짜 뒤통수가 매 순간 근질근질한 상황이 됐을 것이다.

"특수 팀도 만만치 않겠는데요? 이것들은 몇이나 된대요?"

"확실하진 않은······."

지영은 말하다 말고 태블릿으로 임수민이 보낸 정보를 확인했다. 확실히, 일처리 하나만큼은 기가 막혔다.

"다섯 개 팀이라는데?"

"아우······."

안젤라는 다섯 개 팀이라는 말에 고개를 저었다.

"이 정도 전력이면 확실히 도시 하나 날려 버리고도 남을 전력이긴 하네요."

지영의 말에 다들 고개를 절레절레 저었다.

확실히 저쪽 전력이 무시무시했다. 삼천이 넘는 병사들? 그건 아마도 카심과 알파 팀만 있어도 잘 막아낼 수 있을 것이다. 지영까지 합세하면 그냥 밀어버리는 것도 가능하다. 하지만 특수 팀과 저격수가 있으니 저들도 저렇게 대놓고 밀고 온 것이다.

"아마 이놈들은 반군들이 민병대를 상대할 때 카심을 노릴 겁니다."

"그럴 겁니다. 혼란을 틈타 적 지휘관을 암살하는 건 특수 팀의 기본 임무니까요. 그리고 그건 어느 특수 팀이나 가장 잘하는 임무이기도 합니다."

지영은 정순철의 말에 고개를 끄덕이곤 말을 이었다.

"우리는 그걸 사전에 막습니다."

"어떻게?"

유리의 되물음에 지영은 블랙마켓을 통해 얻은 아부 카말의 지도와, 그리고 위성 영상을 보여줬다.

"이걸 토대로 움직일 거야."

"흐음……."

다들 머리를 들이밀고 태블릿을 볼 때, 치익 하는 무전기 소리가 울렸다.

―커멘더, 여긴 벨 팀이다.

―로건 팀 대기 중이오.

지영은 잠시 눈을 끔뻑였다가, 씩 웃었다. 특수 팀이 다섯이라고? 여기도 네 팀이 모였다. 모두가 일당백이고, 이들은 지영이 아는 한 지구상에서 가장 강력한 특수 용병 팀이었다. 이 정도면, 카심을 보호하는 정도가 아니라, 역으로 털어버리는 것도 가능할 것 같았다.

지잉.

—선물 보냈어.

그리고 뒤이어 임수민에게 좌표가 담긴 메시지가 왔다.

슥.

선두에 선 정순철이 전진 신호를 보내왔다. 그 신호를 받은 안젤라와 유리가 조용히 골목으로 전진했고, 지영은 성수정과 함께 가장 늦게 진입했다. 지영은 도시의 북쪽으로 가고 있었다. 일단 첫 번째 목적지는 옛날 시청 청사였다. 두 번째 전선을 펼치기 적당한 곳으로 지영은 일단 거기서 카심과 접촉할 예정이었다.

전화 연락은 되지 않아 메시지를 넣어놨고, 이동 중에 알겠다는 답장을 받았으니 카심도 그쪽으로 올 것이다.

아부 카말은 그래도 완전히 폐허가 된 도시는 아니었다. 도시 외곽은 수비에 용의치 않아 카심의 지시 아래 죄다 뜯겨나갔지만 중앙은 나름 관리가 되어 있었다.

투두두!

쿵! 쿠궁!

지축이 흔들리는 느낌에 지영은 잠시 벽을 집고 섰다. 이곳에 들어오고 나서 계속 저런 상태였다. 벨, 로건 팀과 합류해 포지션을 정하고 작전에 들어선 지 1시간쯤 지났고, 전투는 쉼 없이 계속됐다.

총성과 비명이 빗소리를 뚫고 지영에게까지 날아올 정도였다. 도시에 도착해 30분을 차로 달리고, 다시 내려서 이동한 후에야 시청에 도착했다. 시청은 텅 비어져 있었다. 불이 들어온 곳은 한 군데도 없을 정도로 을씨년스러운 모습이었다.

끼이익.

반 이상은 부서진 현관문을 열고 들어가자, 성수정이 몸을 부르르 떨었다.

"아우, 귀신 나오겠네."

"이런 거 싫어하는 스타일?"

"그냥 좀?"

"왁!"

"꺄! 아! 안젤라!"

"흐흐흥!"

안젤라는 놀란 성수정을 두고 얼른 2층으로 올라갔다. 두 사람의 모습을 보면 무슨 소풍 나온 것 같아 보이지만 눈동자와 자세는 주변을 확실히 경계하고 있었다. 지영은 2명, 2명, 1명으로 조를 나눠 일단 시청을 수색했다.

혼자 움직이는 지영은 4층과 5층을 맡았다.

30분에 걸쳐 수색을 벌였는데, 시청은 아무도 없이 조용했다. 수색을 끝낸 지영은 바로 무전을 보냈다.

"수색 끝난 조는 옥상으로 오세요."

—위.

—지금 올라갑니다.

조장인 안젤라, 정순철에게 대답이 들려왔고, 5분 뒤 네 사람이 전부 올라왔다. 팀원이 전부 모이자 지영은 바로 벨 팀과 로건 팀에 무전을 했다.

치익.

"여기는 커멘더, 목표지 확보했다."

치익.

—여기는 벨, 목표 확보했다.

—여기는 로건, 목표 확보했다.

역시 전문가들이라 믿음이 갔다.

치익.

"선물 보내겠다. 빠르게 확보하고 준비할 수 있도록."

—라져.

—라져.

지영은 무전을 끝내고 바로 위성폰으로 임수민에게 연락을 했다.

쿠웅!

저 멀리서 불길이 빗줄기를 뚫고 솟구쳤다. 가벼운 폭발이 아닌 걸 보니 기름 탱크든 뭐든 하나가 터진 게 분명했다.

―나야.

"자리 다 확보했으니까 보내주는 좌표로 선물 부탁해."

―오케이.

뚝.

용건만 빠르게 전달하고 끝낸 지영은 바로 좌표를 메시지로 보내고 세팅을 하고 있는 팀원들을 향해 말했다.

"곧 선물 올 거니까 준비하고 있어요."

"오케이."

세팅을 끝낸 지영은 후우, 한숨을 내쉬었다.

일단 첫 번째 미션은 확실하게 끝냈다. 도시로 들어오기 전 임수민이 선물을 보낸다고 했지만 지영은 다시 연락을 해서 선물을 도시에 자리 잡으면 보내달라고 했다. 대낮이었다면 선물이 땅에 떨어지기도 전에 터져 나갔겠지만 지금은 비구름이 잔뜩 낀 하늘에다가 비까지 쏟아져서 몇 미터의 시야도 확보되지 않는 상황이었다. 우천 상황이 아니었으면 이런 방법은 생각했어도 절대 써먹지 못했을 것이다.

10분쯤 지나자.

우-우-웅!

하늘에서 요란한 소리가 들려왔다.

수송기였다.

그걸 보면서 지영은 블랙마켓의 저력을 다시 한번 확인했다. 남의 나라에 수송기를 띄울 수 있을 정도의 배짱과 자금력을 생각하면 도대체 어디까지 선이 닿아 있는 건지 정말 신기할 따름이었다.

치익.

—선물 발송했다. 커멘더는 선물을 확인하라.

굵직한 영어에 지영은 무전기를 들었다.

"선물 고맙다."

—클클, 이런 미친 작전을 경험시켜 줘서 이쪽도 고맙다. 건승을 빈다.

책임자의 말에 지영은 피식 웃곤 하늘을 바라봤다. 하늘이 너무 새까매서 잘 보이진 않지만 잠시 시간이 지나자 붉게 반짝이는 신호를 확인할 수 있었다. 작전지에 보급품을 드롭시키는 것처럼 지영도 임수민이 말한 선물, 중화기를 이곳 옥상으로 배달을 부탁했다. 공간이 넓적하지만 비바람 때문에 쉽지 않을 거라 생각했는데 무인 시스템은 용케도 방향을 정확히 잡고 옥상으로 향하고 있었다. 과학의 발전은 당연히 전투에 지대한 이점을 가져다줬다. 무인 드론, 무인 이송기, 무인 추진 시스템 등은 작전지역에 아주 정교한 보급을 가능케 해줬고, 좀 더 원활한 작전이 가능하게 됐다.

툭!

옥상에 떨어진 선물 박스가 미끄러지듯 가다가 마치 뭔가에 걸린 것처럼 멈춰 섰다.

치익.

그리고 압축된 공기가 빠져나오는 소리가 들리더니 박스가 열렸다.

"와우……."

열린 박스에는 스티로폼으로 감싼 중화기가 아주 잔뜩 담겨 있었다. 역시, 블랙마켓은 진짜 대단하다. 고개를 절레절레 저은 팀원들은 얼른 움직여 중화기를 건물 층층에다가 세팅하기 시작했다.

잠시 뒤, 벨 팀과 로건 팀도 선물을 받았다는 무전을 받은 지영은 바로 카심에게 메시지를 넣었다.

쿠웅!

쿠구구궁!

저 멀리서 다시 검붉은 화염이 솟구쳤다.

지대공미사일이 전장에서 터지면서 솟구친 불길은 순식간에 솟아올랐다가, 다시 급속도로 꺼졌다.

지잉, 지잉.

그걸 지켜보면서 지영은 바로 전화를 받았다.

"접니다."

―후우, 후우. 도착했소?

"네, 준비 끝났습니다. 전선 물리세요."

―알겠소. 지금 전선 물린 뒤에 그리로 가겠소. 후우, 후우.

뚝.

"……."

카심의 거친 숨소리를 생각하니 지영은 가슴 한쪽이 답답해졌다. 이 사달이 일어나는 데 자신도 한몫했다는 사실이 결국 한숨까지 흘리게 만들었다. 카심이 전선을 물리고 난 뒤 전선은 다시 교착 상태에 빠졌다. 간헐적으로 총성이 울리긴 했지만 아까처럼 미사일이나 폭탄이 터지는 소리는 들려오지 않았다. 그로부터 30분 뒤 카심이 옥상으로 올라왔다.

"……."

카심의 꼴은 엉망이었다.

새하얗던 의복은 아예 검붉게 물들어 있었고, 여기저기 찢어져 넝마처럼 보였다. 단정하던 머리도 다 풀어 헤쳐져 산발이었다. 하지만 눈빛은, 활활 불타오르고 있었다.

"……."

"……."

두 사람은 옥상에서 마주본 채, 말을 꺼내지 않았다. 카심은 영리하고, 냉정한 자였다. 이번 전투가 일어난 이유의 반쯤이 지영 때문인데도, 그를 나무라지 않았다. 지금은 그의 도움이 절실하다는 걸 그는 아주 잘 알고 있었다. 게다가 지영은 연락을 받은 즉시 왔다. 반군 삼천이 자신을 죽이겠다고 달려드는 이 처절한 전장으로 왔다는 것은······.

'그가 인의를 알고, 신의를 담았다는 뜻이겠지.'

그래서 그를 탓할 수 없었다.

"많이 다치셨습니까?"

빗소리를 뚫고 날아온 말에 카심은 고개를 저었다.

"긁힌 정도요."

긁힌 정도라고 하기엔 꼴이 너무 말이 아니었다.

"치료부터 하시죠."

"아니요. 바로 가봐야 하오. 이제 어떡할 생각이시오?"

"짧게 설명드리겠습니다. 이곳 말고 두 군데 더 전진기지를 세웠습니다. 그래서 적을 이곳과 이곳으로 끌어들일 생각입니다."

지영은 태블릿으로 도시 지도를 보여주며 각각 두 군데의 대로를 짚었다. 잠시 살펴보던 카심이 침음을 흘리면서 반문했다.

"순순히 이곳으로 들어오겠소?"

"시리아 정부군이 슬슬 움직이고 있으니 시간이 얼마 없다는 걸 그들도 알 겁니다. 그러니 다음 공격에 한 번에 밀고 들어올 확률이 높습니다."

"흠… 그럼 내가 미끼를 한 번 더 해야 하는구려."

"……."

바로 가장 중요한 핵심을 딱 짚는 카심의 말에 지영은 이 사람은 정말 타고난 전략가란 사실을 다시 한번 깨달았다.

"죄송합니다. 저 때문에 이런 일이 벌어졌는데……."

"아니오. 제의를 한 것은 당신이나, 그걸 받아들인 건 전적으로 내 의지였소. 그러니 그런 소리 마시오."

"……."

지영이 침묵하자 카심은 그런 그를 단단한 눈빛으로 바라봤다.

"대신 부탁 하나 합시다."

"말해보십시오. 가능하다면 들어드리겠습니다."

"내가 잘못되면, 아부 카말을 부탁하오."

"……."

지영은 자신이 잘못 들었나 싶었다.

그만큼 카심의 말은 지영이 예상했던 범위를 아득히 벗어나 있었다.

"들어줄 수 있겠소?"

"저, 저는 이방인입니다."

"알고 있소. 하지만 당신이 아니면, 내게 무슨 일이 생긴 뒤에 이곳을 지킬 사람이 없소."

"제자들이 있지 않습니까?"

"당신의 발끝에도 미치지 못하오."

"아무리 그래도 그들이 제 말을 따를 리가 없습니다."

"따르게 만들어놓을 것이오. 이걸 받으시오."

카심은 목에 걸고 있던 목걸이를 지영에게 건넸다. 지영은 그걸 가만히 바라봤다. 네모난 나무 목패가 걸려 있는 줄 목걸이였다.

"이게 나란 인간의, 알레포의 호랑이 카심을 증명하는 패요. 이것은 대대로 백성을 수호해 온 민족의 혼에게 전해지는 증표이기도 하오."

이걸 받으면, 지영이 카심의 뒤를 이어 민병대와 시리아 국민들의 정신적 지주가 되는 것이다. 지영은 그걸 알기에 바로 고개를 저었다.

"부담스러운데요."

거짓말이 아니었다.

이걸 받고 나면 꼼짝없이 이곳 아부 카말은 물론, 시리아의 백성을 지키기 위해 혈투를 벌여야 할 게 뻔해서 지영은 너무 부담스러웠다. 하지만 눈앞에 카심이라는 인간의 카리스마는, 이상하게도 지영에게 전혀 뒤지지 않고, 오히려 지영을 압박하고 있었다.

"시간이 없소. 가서 전열을 정비하고 준비를 해야 하니 어서 답을 해주시오."

"후우, 카심. 당신은 이곳에서 죽지 않을 겁니다."

"죽고 싶은 사람이 누가 있겠소. 그저 만일을 대비해서 준비를 해두고 싶을 뿐이오."

"하아……."

지영이 한숨을 쉬자 헤드셋을 통해 쿡쿡거리는 웃음소리가 들려왔다. 무전을 완전히 열어놔서 지영과 카심의 대화를 전부 들은 팀원들의 웃음이었다.

―지영, 여기에 나라 세우는 거야?

유리의 무전에 지영은 쓴웃음을 지었다.

이거 상황이 거절하기엔 너무 안 좋았다.

결국 지영은 고개를 끄덕였다.

"알겠습니다. 카심에게 일이 생기면, 최선을 다해 이곳 사람들을 보호하겠습니다. 물론, 이번 전투 한정입니다."

지영의 말에 카심은 인자한 웃음을 지었다.

마치 깨달음을 얻은 고승의 미소 같았다.

"고맙소. 알라 신의 가호가 그대와 함께할 것이오."

"제겐 최고의 악담이군요."

"후후, 그만 가보겠소. 적이 움직이면 연락하겠소."

"조심하십시오."

"……."

인샬라.

조용히 신을 찾은 카심은 옥상을 떠났다. 지영은 그가 떠나고 나자마자 고개를 절레절레 저었다.

카심이 떠나자 안젤라의 웃음 섞인 무전이 날아들었다.

―Capitaine. 여기에 나라 세우면 나 국방부 장관쯤 시켜 주는 거야?

―하하, 그럼 저는 정보국 국장쯤 되겠군요.

―정보국은 팀장님보다 지혜 언니가 더 잘할걸요?

치익.

―저는 사장님 비서실장을 하겠습니다. 아, 나라를 세우면 대통령님으로 불러 드려야 하나요?

무전을 듣고 있던 김지혜가 끼어들었다.

그녀답지 않은 농담에 지영은 고개를 절레절레 저었다.

―그럼 나는 지영 경호 실장 할래.

"그만들 합시다."

지영의 말에, 오히려 더욱 많은 사람들이 끼어들기 시작했다. 오픈 채널은 항상 열어놨기 때문에 지영과 카심의 대화는 벨 팀과 로건 팀까지 전부 들었던 것이다.

―뭐야, 다들 한 자리씩 차지하는 거야? 그럼 나는 야전 사령관 시켜줘.

벨의 말이 날아들었고.

─슬슬 정착하는 것도 나쁘지 않겠다고 생각했는데, 가까운 곳에 정착할 곳이 있었구려. 나는 특수 팀 사령관 자리에 만족하오. 알파 팀은 아마 해군 쪽이 어울릴 거요.

"……"

이 사람들이 진짜…….

지영이 고개를 절레절레 젓고는 이 장난을 이만 끝내기로 했다.

"자자, 다들 준비하고 긴장하세요. 여기서 죽으면 장관이고 나발이고 전부 끝입니다."

─후후, 위.

─라져.

간단한 팀원들과 용병들의 대답이 들려왔다. 지영도 마지막으로 장비를 점검하고, 난간에 기대앉았다. 잠시 뒤 설렁설렁하던 분위기는 점차 사라지고, 다시금 진득한 전의가 도시를 감싸기 시작했다.

그렇게 기다리길 한참, 부슝……! 개전을 알리는 총성이 이제 지쳐 잠들려던 아부 카말을 다시 강제로 깨웠다.

섬뜩한 총성이 빗소리를 뚫고 잠시간 울렸다가 사라졌다. 그 총성은 개전을 알리는 축포가 되었고 뒤이어 연신 총성이 터지기 시작했다.

　투다다!

　투다다!

　부슝……!

　부슝……!

　AK총성과 저격 라이플의 총성은 역시 확연히 달랐다. 아프리카나 이 동네에서는 시장 좌판에 올려놓고 판다는 소리가 있을 정도로 흔한 총기가 바로 AK였다. 인류 역사상 인간의 목숨을 가장 많이 빼앗아간 무기 탑 3 안에 드는 라이플이 AK이고, 이제는 지영도 저 총성이 지긋지긋했다.

　―벨 팀 교전 시작.

　위성 영상을 받은 김지혜의 중계가 시작됐다. 이번 전투에서 어쩌면 가장 중요한 역할을 맡은 건 그녀일지도 몰랐다. 임수민이 지원해 준 차량에서 20개의 분할 스크린으로 전장의 영상을 파악한 뒤 해주는 중계는 이번 전투의 승패를 쥐고 있다고 해도 과언이 아니었다.

　'잘 부탁합니다.'

　속으로 그렇게 부탁한 뒤 입술을 질끈 깨문 지영도 스코프에 얼굴을 가져다 댔다.

　치익.

　―카심이오. 슬슬 움직이겠소.

지영은 무전기를 바로 들어 올렸다.

치익.

"조심하십시오."

—알라신의 가호와 사신의 비호가 함께하니, 오늘 이 카심은 죽고 싶어도 죽지 못할 것이오.

피식.

졸지에 알라신과 동급이 된 지영이었다.

"우와아……!"

광장 쪽에서 엄청난 함성이 울려 퍼졌다. 아마도 카심의 연설이 있었거나, 그가 전투 의지를 그만의 방법으로 끌어 올린게 분명했다. 하지만 저건 페이크였다. 카심은 이제 군을 이끌고 격렬하게 저항하다가, 지영이 만들어놓은 올가미 쪽으로 후퇴할 것이다.

콰웅!

콰과광!

투다다다!

투다다다!

수류탄 터지는 소리와 지대공미사일, 그리고 소총소리가 뒤섞이며 고막을 먹먹하게 했다. 거리가 상당했는데도 이 정도 소리가 울리는 걸 보면 정말 이번엔 작정하고 싸우는 게 분명했다. 인간의 체력은 유한하다. 음식물을 섭취하고 잠을 자는 걸 빼면 그 어떤 방법으로도 떨어진 체력을 올릴 수는 없었다.

특히 지금같이 비가 오는 상황에서는 체온도 떨어져서 체력은 정말 더 빠르게 떨어져 나갈 것이다. 그러니 반군 새끼들도 아는 것이다. 이번 세 번째 전투에서도 카심을 잡지 못하면, 아부 카말을 접수하지 못하면 이번 작전은 무조건 실패라는 것을 말이다. 그러니 이 악물고 들어오고 있었고, 카심도 이 악물고 막고 있었다.

—로건 팀 교전 시작.

벨 팀에 이어 로건 팀도 교전을 시작했다. 이들은 자리를 잡고 특수 팀을 막는 역할을 맡았다. 일반 병사는 어쩔 수 없이 카심에게 맡겼다. 진짜 무서운 건 저 틈에 섞인 특수 팀과 저격수였고, 그들은 분명 우회해서 카심의 뒤를 노려올 것이라 지영은 생각했다. 그렇게 생각한 이유는 별거 없었다.

벨도, 로건도, 그리고 지영도 반대의 입장이었으면 반드시 후미를 뚫고 들어가 카심의 뒤통수를 뚫을 전략을 짰을 것이다. 이런 대규모 전투를 이끌고 카심을 죽인다? 알레포의 호랑이이자, 시리아 국민들에게 영웅적인 존재이며, 엄청난 용병술과 전략의 귀재인 카심을? 그건 벨도, 로건도 고개를 저었다.

지영도 마찬가지였다.

정면 승부로는 카심을 잡기도 전에 자신의 몸뚱이나 머리에 구멍이 뚫릴 것이다. 그러니 무조건 특수 팀을 후방으로 보내 암살 작전을 펼칠 것이라 봤고, 그 경로로 예상되는 곳에 로건 팀과 벨 팀을 배치했다. 더 뒤는 알파 팀이 맡았고, 가장 위험한 지역을 지영이 맡았다. 이곳은 저격수 팀이 이동해 올 공간이었다. 여길 장악하고 나면 이제 카심의 퇴로를 바로 타격할 수 있기 때문이다.

─커멘더, 저격수 팀 시청으로 이동 확인했습니다.

지영은 전에 없이 긴장감을 담은 김지혜의 말에 바로 대답을 해줬다.

"확인."

그다음 다시 팀원들에게 무전을 넣었다.

"옵니다, 준비하세요."

─위.

─네.

대답은 두 개밖에 들려오지 않았다.

유리와 성수정은 대답할 상황이 아니었다. 이들은 지영과 안젤라, 정순철보다 훨씬 더 위험한 위치에 섰다. 둘은 저격수를 저격하는 포지션이다. 그것도 지영처럼 저격 라이플이 아닌 칼과 주먹으로 말이다.

원래는 지영이 하려고 했었다.

두 사람의 근접전은 지영도 인정했다.

살인 무기로 키워진 유리와 지영의 세운 유파 월영의 후계자인 성수정은 극한으로 단련한 특수 요원도 박살 낼 수 있는 실력이 있었다. 하지만 지영에겐 둘도 한 수 접어줄 정도였다. 그만큼 지영의 근접 전투는 뛰어났다.

애초에 지영은 보통의 인간과는 달랐다. 먼 고대 시대부터 사람을 확실하게 부술 수 있는 거의 모든 방법을 체득하고 있는 게 지영이었다. 그리고 그 방법을 언제고 사용할 수 있게 지영은 어려서부터 육체를 굴리고, 또 굴렸다. 그렇게 지영은 전에 없을 정도로 이상적인 육체를 손에 넣었다.

그런 지영에게 유리와 성수정이 둘이 덤벼도 승리를 장담할 순 없었다. 그래서 지영이 나가려고 했는데, 팀원들이 전부 반대했다. 지영은 리더였다. 팀의 리더는 반드시, 어느 순간에도 상황을 판단하고, 명령을 내려야 했다. 극한 근접 전투 중에는 당연히 그게 불가능하고, 그렇게 선택의 순간을 놓치게 되면 남은 건 죽음밖에 없었다. 그게 지영 본인이건, 팀원이건 간에 말이다.

그래서 지영은 나가지 않고 남았다. 그 때문에 마음이 편치 않았지만 지금은 상황에 집중하기로 했다. 잠시 뒤 김지혜의 목소리가 또 들려왔다.

—가시거리로 진입합니다.

"후, 후우……."

지영은 심호흡을 크게 했다.

이제 곧 교전이다.

여기서 저격 팀을 못 막으면 말짱 꽝이었다.

─타깃 확인.

─타깃 확인.

각자 맡은 구역에서 타깃을 확인했다는 무전이 들려왔다. 은밀함이 생명인 저격 팀이 이 정도로 움직여 온다는 건 반드시 카심을 죽이겠단 뜻으로 받아들이면 되었다. 그리고 그만큼 저쪽이 다급하다는 뜻도 된다.

'이 정도 병력과 특수 팀, 스나이퍼들을 쓰고도 카심을 못 잡으면 돌아가서도 목을 보전하기 어렵겠지.'

최소에 최소로 잡아도 축출일 것이다.

이런 적 지휘관의 조급함은 지영에겐 아주 최고의 어시스트였다.

쿠웅!

쿠구궁!

건물이 흔들릴 정도로 지척에서 거대한 충격이 왔다. 비산한 돌가루가 빗속을 뚫고 날아와 지영이 쓴 헬멧을 툭툭 때리고는 힘없이 바닥으로 떨어졌다. 지영은 기다렸다.

"타깃 확인."

지영의 스코프에서도 저격수가 보이기 시작했다. 이놈들은 이 건물을 본진으로 삼고 사방으로 퍼져 저격 라인을 잡을 것이다. 그럼 카심은 정말 옆구리와 뒤통수를 훤히 내주는 꼴이 된다. 타깃이 확인됐지만 지영은 일단 기다렸다. 아직은 저격수가 먼저 움직일 때가 아니었다. 시작은, 적진에 나가 있는 유리와 성수정이었다.

*　　　　　*　　　　　*

"후우, 후우, 후우."

짧게 숨을 세 번 몰아쉰 성수정은 몸을 웅크리고 언제든 달려 나갈 수 있게 준비를 끝냈다. 긴장으로 거칠게 뛰던 심장도 안정을 찾아갔다.

이런 작전?

'질리지, 질려.'

아무도 모르지만 그녀는 고아였다. 그런 그녀는 나이 아홉 살 때 월영의 손에 거둬져 산속으로 갔다. 그곳에서 많은 것을 배웠다. 한글을 시작으로 영어, 중국어, 일본어, 러시아어 등등, 그때는 몰랐지만 지금 동아시아 정세를 흔드는 국가들의 언어를 익혔고 그다음은 기본 소양을 익혔다.

어느 상황에서도 대처할 수 있는 임기응변, 처세술과 임무에 맞게 교양도 익혔다. 그 모든 교육은 육체 단련과 함께였다.

단련의 시작은 뛰는 법, 걷는 법, 숨 쉬는 법이었다.

온갖 지형에서도 악착같이 뛸 수 있어야 하고, 자연스럽게 걸을 수 있어야 하고, 어느 상황에서도 상대에게 들키지 않게 호흡을 조절하는 법을 가장 먼저 배웠다. 그걸 모두 익히고 나서야 심화 단계로 넘어갔다. 꺾는 법, 조르는 법, 부러뜨리는 법을 배웠고, 그다음에 죽이는 법을 배웠다.

칼로 급소를 가르는 법과, 총기를 이용한 살인 방법을 배웠다. 모든 교육에는 각각의 담당자가 있었다. 그들을 성수정은 사부가 아닌, 숙부라고 불렀다. 이유는 몰랐다. 그냥 그렇게 부르라고 했기 때문에 불렀다. 그들은 착했고, 자상했다. 훈련 중에는 호랑이도 질려 꼬리를 말 정도로 엄했지만 훈련이 끝나고 나서는 항상 성수정을 걱정했다. 그런 거라도 없었으면 성수정은 당장에 도망치고도 남았다.

나이 19살, 고등학교를 졸업하던 날 성수정은 친구들이 가족들과 즐거운 한때를 보내거나, 성인이 된 기념으로 클럽을 가거나 할 때 그녀는 홀로 일본으로 향했다. 작전의 시작이었다.

'첫 타깃이 어떤 새끼였더라? 무슨 중진 의원이었는데······.'

어린 여자를 좋아하는 놈이었다.

놈에게 위안부 관련 정보를 빼내는 게 일이었고, 작전을 완수했다. 그때부터 그녀는 외로운 스파이 생활을 시작했다. 죽고 죽이고, 정보 세계의 이면은 그녀가 생각하는 것 이상으로 고독했다.

그렇게 오 년인가, 육 년인가의 시간이 흘렀다.

일본에서 그녀는 그렇게 조심했지만 꼬리가 길면 밟힌다고, 결국엔 발각되고 말았다. 탈출 과정은 살벌했다. 상부는 수단과 방법을 가리지 말고 돌아오라고 했고, 그녀는 정말로 그렇게 했다.

그 과정에서 내각 요원 스물을 죽였고, 여섯쯤을 불구로 만들었다. 그렇게 살아 돌아와 2년 정도를 쉰 후 국정원에 입사, 임미정의 가드가 되었다. 사실 처음에는 좀 불만이었다. 그녀가 아무리 발각된 정보 요원이라지만 그런 곳에서 썩고 있을 인재가 아니라는 생각 때문이었다. 하지만 그곳도 전쟁터였다.

뭘 배우가 그리 많은 사건 사고가 터지는지, 어느 순간부터는 긴장의 끈을 놓을 수가 없었다.

사실 그녀가 이곳에 온 이유는 다른 게 아니었다.

그녀가 담당 마크 했던 임미정은 엄마 같았다. 거짓말이 아니라 정말 엄마 냄새가 났다. 고아라서 엄마의 품에서 어떤 냄새가 나는지, 어떤 온기가 나는지는 기억나지 않지만 그녀는 임미정의 품이 그럴 거라고 생각했다.

항상 같이 다녔다.

밥도 같이 먹었다.

가끔씩 안아주고, 반찬도 챙겨주고, 너무나 밝게 웃어주던 임미정의 얼굴은 성수정은 잊을 수가 없었다. 그런 임미정이 울적할 때가 있다면 그건 반드시 가족과 관련된 사고가 터졌을 때였다.

그녀의 아들 강지영은, 대단한 인간이었다.

첫 만남에서 솔직히 배우가 뭐 어느 정도나 하겠어, 했지만 직접 봤을 땐 충격이었다. 그녀는 지영이 몸을 쓰는 것을 유심히 살펴봤고, 알아차렸다. 자신이 배웠던 것과 흡사하다는 것을 정말 본능적으로 알아차렸다. 그녀가 느낀 것은 그 누구도 답을 주진 않았지만 정답이었다.

강지영의 것은 원본이고, 성수정의 것은 수정본이었다.

어쨌든 그런 지영 때문에 임미정은 가끔 너무나 힘들어했고, 그러다가 사고가 터졌다. 대성 프리미엄 호텔 폭탄 테러 사건이 바로 그 사고다. 임미정은 충격에 쓰러졌다. 사고 소식을 확인한 즉시 그 자리서 혼절했다. 크게 내색은 못 했지만 성수정은 너무나 놀랐다. 가슴이, 심장이 전에 없을 정도로 불안하게 뛰었다. 그녀가 다시 깨어났을 때는 그 무엇보다도 기뻤다. 그녀가 무사함에, 믿지 않던 신께 감사하다고 했을 정도였다. 그리고 다짐했다. 그녀를 아프게 하는 것을, 지워 버리겠노라고. 그래서 지영과 함께 왔다. 이곳에 온 그녀는 확신했다. 자신의 선택은 어쩌면 지금까지 태어나서 한 선택 중에 가장 잘한 선택이라고. 그녀의 아들인 강지영을 도우면, 그녀가 원했던 목표를 이룰 수 있을 거라고.

'엄마, 내가 꼭 편하게 해줄게요.'

임미정이 그렇게 부르라고 한 적도 없었고, 그렇게 불러도 되냐고 자신이 물었던 적은 없지만 어느새 임미정은 성수정의 마음속에서 단 한 번도 가져보지 못했던 엄마가 되어 있었다. 이게 그녀가 이곳에 온 이유였다. 정순철이 왜 그러냐고 물었을 때도, 말하지 못한 이유기도 했다.

스윽.

군홧발이 천천히 눈앞을 지나갔다.

마치 슬로우 모션처럼 느릿느릿하게 지나갔다.

주변을 극도로 경계하며 이동하는 저격수의 움직임이었다.

성수정은 천천히 몸을 세웠다.

어둠 속에서 웅크리고 있던 사신이 몸을 일으키고 있지만 그 어떤 소리도 나지 않았다.

스으윽.

손을 뻗어 목을 감고, 홱! 그대로 돌렸다.

우드득! 뚝!

목이 돌아가며 경추가 박살 나는 소리가 빗속에 피어나다 훅 꺼져 들어갔다. 성수정은 목이 돌아가는 순간 주둥이를 다른 손으로 꽉 누르며 천천히 품에 안았다. 그리곤 곱게 바닥에 눕혔다.

쏴아아아……

힐끔, 달도 뜨지 않은 비 오는 밤하늘을 잠시 올려다본 성수정은 이내 빗속으로 스며들었다.

Chapter105
피에 잠기는 도시II

성수정의 움직임은 굉장히 정적이었다. 하지만 반대로 거침 없이 나아갔다.

스윽.

상체를 숙이고 이동 중인 스나이퍼의 뒤로 이동한 성수정 은 이번에도 유령의 손길처럼 손을 뻗었다. 뱀처럼 타고 올라 간 손이 목을 쥐는 순간, 성수정의 상체가 스나이퍼의 등 쪽 으로 바짝 붙었다.

우드득!

뚜둑!

목을 돌리는 즉시 다시 입을 막아 발작적으로 나오는 소리를 막은 성수정은 두 번째 시체를 질질 골목으로 끌고 조심스럽게 눕혔다.

'이제 둘…….'

성수정은 다시 몸을 일으켜 빗속으로 스며들었다.

시간이 없었다.

빗소리 때문에 다행히 아직 걸리지는 않았지만 정해진 정기 연락은 어떻게 손 쓸 방도가 없었다. 하지만 이런 때일수록 더욱 조심스럽게 움직여야 한다는 걸 성수정은 잘 알고 있었다. 하지만 저격수 팀의 존재는 자신에게도, 팀에게도 너무나 위협적이었다. 안젤라와 정순철, 지영의 저격이 얼마나 뛰어난지는 그녀도 안다. 미리 준비를 하고 있기도 하지만 암살이 걸리는 순간 저격수들은 바로 은신에 들어가 총구를 들이밀 것이다.

치익.

―전방 이백 미터 부근.

귓속으로 적 스나이퍼의 위치가 파고들어 왔다. 도시 밖에 있는 김지혜가 위성 영상으로 적의 위치를 확인하고 보내준 것이다. 성수정은 조심스럽게 빗속을 달려 이동했다. 빗소리가 워낙에 거세서 찰박찰박거리는 소리를 가려주긴 했지만 그녀는 안심하지 않았다. 사소한 것 하나가 이런 작전을 망칠 수 있다는 것도 그녀는 충분히 알고 있었다. 실제로 일본에서 내각에 걸린 것도 익숙함에 너무 안일하게 움직였기 때문이었다.

목표가 보였다.

상체를 잔뜩 웅크린 채 표적을 향해 걷던 성수정은 움찔, 놀랐다가 몸을 날렸다. 빌어먹을 스나이퍼가 갑자기 몸을 돌린 것이다.

파바바박!

스릉!

달려가면서 대검을 뽑아 든 성수정은 그대로 스나이퍼를 향해 돌진했다.

부슝……!

놀란 스나이퍼가 총구를 들고 그대로 방아쇠를 당겼고, 성수정은 총구의 방향에서 급히 고개를 틀었다.

사악!

총알이 귀 바로 위를 스쳐 가며 머리카락이 뭉텅이로 잘려 나가는 게 느껴졌고 귓바퀴 위쪽이 화끈화끈거렸다.

하지만 이 정도 통증이야 그녀에겐 아무것도 아니었다.

스아악!

스나이퍼가 급히 총구를 다시 옆으로 틀었지만 이미 성수정은 총구를 툭 쳐서 밀쳐내곤 대검을 목덜미에 꽂아 넣고 있었다.

푹!

"그그극!"

푸확!

검을 뽑아내자마자 피가 분수처럼 솟구쳤다. 옆에서 가로로 긁어 울대도 갈렸고, 동맥도 덩달아 같이 갈렸으니 이놈은 지금 당장 수술대에 올려도 목숨을 구하긴 어려울 것이다.

"큭, 그르륵······."

피가래가 끓는 소리가 들렸다.

그런데도 놈은 손을 무전기 쪽으로 옮겨 가고 있었다. 특수 부대 출신들이 무서운 게 바로 이런 점이었다. 이 상황에서도 아군에게 적의 존재를 알리려는 이 마지막 움직임은, 무시하고 그냥 넘어가는 순간 아군의 목숨을 죄다 위협하게 된다.

쫘직.

군홧발로 움직이던 놈의 손을 꾹 눌렀다.

푹!

그리곤 대검을 역수로 바꿔 쥐고 심장에 검을 꽂아 넣었다. 잠시 뒤 놈의 움직임이 천천히 멎고는 고개가 뚝 떨어졌다.

"후우······."

한숨을 내쉰 성수정은 대검을 뽑고는 다시 움직였다. 움직이던 성수정은 몸의 움직임이 방탄조끼 때문에 좀 불편하다는 생각이 들었다.

'절대 조끼 벗지 마세요. 괜히 이거 벗고 편하게 움직이려다가 인생 완전히 편해지는 수가 있으니까요. 언제나 그렇듯, 우린 이번 작전도 완벽하게 끝내고 다 함께 다시 돌아갑니다.'

피식.

지영이 아부 카말로 들어오면서 한 얘기가 떠올랐다.

불편해서 벗고 싶지만 지영의 그 말 때문에 벗을 수가 없었다. 누가 임미정의 아들 아니랄까 봐, 그의 진심에서 나온 말에 성수정은 그 부탁과도 같은 말을 저버릴 수가 없었다.

치익.

―전방 사거리에서 우측 모퉁이 건물 옥상에 저격수 배치.

성수정은 김지혜의 무전에 바로 상념을 접었다.

이놈들, 벌써 자리를 잡기 시작했다. 자리를 잡은 저격수만큼 위험한 것도 또 없다. 지금까지 작전에서 지영의 팀이 완벽한 승리를 거둔 것도 전부 정보력을 바탕으로 먼저 위치를 선점하고 있었기 때문이었다.

김지혜가 말한 건물로 들어온 성수정은 천천히, 고양이처럼 살금살금 옥상으로 올라갔다.

'젠장……'

옥상문은 닫혀 있었다.

문고리에 녹이 슨 상태로 보아 이걸 열면 100% 끼이익! 하고 소리가 날 것이다. 총구를 놈이 돌리는 게 빠를까, 아니면 문을 열어젖히고 성수정이 달려드는 게 빠를까? 어느 정도 실력만 있어도 무조건 전자다. 게다가 어느 쪽에 자리 잡고 있는지도 모르는 상태니 곧바로 찾아 달리기도 힘들다.

성수정은 고민했다.

이놈을 그냥 버려야 하나, 아니면 달려들어야 하나.

'이놈을 두고는 못 가는데……'

그럼 뒤통수가 노려진다. 전방으로 계속해서 나아가며 하나씩 제거해야 하는데 이곳 포인트를 놓치고 그냥 가면 언제고 뒤통수에 구멍이 뚫릴 것이다. 결국엔 제거해야 한다는 뜻이었다. 하지만 리스크가 더럽게 컸다.

재수 없으면 여기서 인생 하직이다.

성수정은 입술을 깨물었다.

포기인가, 아니면 돌입인가.

그때였다.

치익.

—사거리 포인트 제거 완료.

유리의 목소리가 들려왔다.

어? 어떻게?

끼이익.

그때 문이 열리고 유리가 나왔다.

그녀의 얼굴엔 빗줄기가 미처 다 닦지 못한 피가 덕지덕지 붙어 있었다.

"어떻게 잡았어?"

"아래층 창문으로 올라갔지."

"아⋯⋯."

여러 가지 의미로 대단했다.

피식 웃은 성수정은 손을 들었다.

짝.

하이파이브를 한 둘은 다시 건물을 나와 바로 흩어졌다. 그렇게 흩어져 잠시 기다리기 무섭게 무전이 날아들었다.

치익.

―Y 전방 100미터 4층 건물 옥상 저격수 배치, S 좌측 50미터 붉은 외벽 건물 3층에 저격수 배치.

Y는 유리고, S는 성수정의 코드명이었다.

김지혜의 무전을 들은 성수정은 곧바로 움직였다. 조금 움직였더니 바로 붉은 외벽 건물이 보였다. 입구를 통해 올라간 성수정은 저격수 하나가 창문틀에 저격 라이플을 걸어놓고 앉아 있는 게 보였다.

성수정은 천천히 움직였다.

이미 그녀의 손에는 대검이 들려 있었다. 살금살금, 몸을 웅크리고 저격수의 등 뒤까지 도달한 성수정은 손으로 상대의 입을 막는 순간, 대검으로 목을 그었다.

스가악!

울대가 쭉 벌어지며 피를 쭉쭉 뿜기 시작했다. 성수정은 괜히 창문으로 피가 튈까 봐 목을 긋는 순간 바로 뒤로 당겨 눕혔다.

푸슛! 푸슛!

쭉 뿜어지던 피가 이제는 간헐적으로 튀었다. 비릿한 피 냄새가 순식간에 퀴퀴한 냄새를 굶주린 아귀처럼 잡아먹고 올라왔다.

"후우……."

얼굴로 튄 피를 손등으로 훔친 성수정은 다시 건물 입구로 나와 대기했다. 아직 체력은 건재했다. 성수정은 하지만 쉴 수 있을 때 쉬는 게 장기전엔 최고였다. 잠시 쉬면서 무전을 기다리고 있는데, 빗소리를 뚫고 날카로운 총성이 울렸다.

부슝……!

부슝……!

두 번의 총성.

이건 곧 어느 쪽이고 총을 갈겼다는 뜻이었다.

'누구지? 지영? 아니면 안젤라? 아니면 이 새끼들이 먼저 갈긴 건가?'

총소리는 좀 먼 곳에서 들렸다.

저격수가 사격을 했다는 건 표적을 확실히 잡았다는 뜻이었다. 아군이면 상관없는데 이놈들이 갈긴 거면 아군을 표적으로 삼고 갈겼다는 뜻이었다. 성수정은 부디 후자가 아니기를 바랐다.

치익.

—커맨더 교전 시작! 두 사람은 적 후미를 노려주세요!

김지혜의 다급한 무전에 그래도 다행히 후자는 아님을 깨달은 성수정은 곧바로 빗속으로 뛰쳐나갔다. 이쪽에서 놈들의 후미를 쳐 저격수를 제거하면 제거할수록, 팀원들이 안전이 더욱 보장된다.

'더 이상 슬픈 얼굴을 보는 건 싫으니까…….'

이제 임미정의 슬픈 얼굴은 그만 보고 싶은 마음에 성수정은 뛰어나온 순간 김지혜가 보내준 장소로 몸을 날렸다.

찰박! 찰박!

부숭!

퍽……!

"억……."

그리고 등짝 날개뼈 부근이 순간 화끈해지면서 몸이 붕 떠올랐다.

세상이 갑자기 흐릿해졌다.

바닥에 떨어져 몇 바퀴를 구른 성수정의 얼굴로 비가 사정 없이 쏟아져 내렸다.

"아, 이씨……."

한심하게 사이드도 아닌 대로 중간으로 내달렸다. 미처 김지혜가 파악하지 못한 저격수에게 대놓고 달려가는 성수정은 정말 너무 맛 좋은 먹잇감이었다. 등에 감각이 없었다. 손끝, 발끝은 움직이는데 등만 마치 얼음에 담가놓은 것처럼 감각이 없었다.

"아, 뭐야… 이렇게 끝이야……?"

하하.

허탈한 웃음이 나왔다.

이건 너무 억울하지 않니?

등이 어떻게 됐는지 감각이 거의 없었지만 성수정은 일단 고개를 세웠다. 저 멀리, 거리가 상당한데도 자신이 이미 지나 온 옥상 건물에서 이상하게 총구가 보이는 것 같았다. 그리고 그 총구는 정확하게 자신을 겨누고 있는 것 같았다.

"아……."

이거 빼박이네.

못 피하겠네…….

그렇게 생각하는 순간, 부숭……! 섬뜩한 총성이 들리며 총구에서 불이 번쩍였다.

'엄마······.'

그러나 그 와중에도 성수정은 웃었다.

누군가를 찾으며, 이제는 그 사람이 편하기를 기도하며, 마지막이 될지도 모르는 이 순간에도 그녀는 웃었다.

*　　　　*　　　　*

—수정 씨 피격! 수정 씨 피격! 적 저격수에게 당했어요!

항상 냉정하던 김지혜가 발작하듯 날린 무전에 지영은 이를 꽉 깨물었다.

까드득!

이가 갈리면서 내는 소리가 섬뜩하게 옥상을 울렸다.

그렇게 조심했는데도 결국 성수정이 당했다. 어느 정도 거리에서 당했는지, 어디를 당했는지 아직 모르지만 저격 라이플의 관통력과 운동에너지면 몸통 부분을 맞았어도 생명을 장담하긴 힘들었다.

믿을 건, 입고 있는 방탄조끼밖에 없었다.

그래도 블랙마켓을 통해 구한 방탄조끼니까… 지영은 거기에 희망을 걸기로 했다.

—수정이 노린 저격수 잡았어.

유리의 무전이 들려왔다.

"지금 수정 씨 상태 확인 가능해?"

─가볼게.

"후우."

한숨을 내쉰 지영은 들끓는 심정을 다시 가라앉혔다.

흥분해선 안 된다.

지휘관이 흥분하면 팀원이 모조리 죽는다.

이건 기본 중에 기본이었다.

"좀 전의 저격으로 저쪽도 아마 눈치챘을 겁니다. 하지만 카심을 잡아야 하는 건 저쪽입니다. 그러니 많이 급할 거고, 기다리면 분명 앞으로 나올 겁니다. 그러니 눈에 보이는 족족 갈겨 버리세요."

─위…….

─네.

스산하게 가라앉은 안젤라의 대답과, 지영처럼 냉정한 정순철의 대답이 뒤따라왔다. 지영은 스코프로 전장을 확인했다. 야시경 모드로 인해 녹색으로 변한 세상이 지영의 눈에 들어왔다. 장기전?

그렇게 가면 솔직히 지영도 저쪽도 그다지 유리한 게 없었다. 참지 못하고 먼저 움직이는 쪽이 죽는 전투가 될 것이다. 하지만 지금은 그런 장기전이 아니었다. 저 저격수 부대는 카심의 목을 반드시 가지고 오란 명령을 받은 만큼, 이 건물을 중심으로 라인을 짜고 싶을 것이다. 외곽 라인인 만큼 돌아가기도 힘들었다.

그렇다고 무시하고 더 안쪽으로 이동하면 양쪽에서 샌드위치를 당할 가능성이 높아진다. 그런 상황은 저쪽에선 반드시 피하고 싶을 것이다. 이곳은 아부 카말이다. 알레포의 호랑이가 지키는 적진 한복판이었다.

여기서 포위된다는 건, 무슨 수를 써도 최후는 죽음밖에 없었다. 그걸 아니 그런 방법을 택하진 않을 것이다.

―충격 때문에 기절했는데 다행히 목숨에 지장은 없어 보여.

유리의 무전이 불쑥 들려왔고, 지영은 후우, 안도의 한숨을 내쉬었다. 다행, 정말 다행이었다. 지영이 안도의 한숨을 내쉬는 순간, 스코프로 보고 있는 건물의 3층 창문이 조심스럽게 열리더니 총구가 슬그머니 기어 나왔다. 보통 저격수는 이렇게 총구를 드러내지 않는다. 하지만 지금은 급하니까, 어쩔 수 없이 나오고 있었다. 그리고 놈은 그게, 제 자신을 지옥으로 인도하는 어리석은 짓이란 걸 모르고 있었다.

피식.

도둑고양이도 아니고.

지영은 잠시 뒤 단단하게 총구가 고정되는 걸 보고, 머리가 있을 곳이라 예상되는 곳을 노리고 방아쇠를 당겼다.

부슝……!

퍽!

섬뜩한 소리 뒤에 창문에 피가 튀는 게 보였다. 볼 것도 없이 명중이었다.

지영은 바로 총을 놓고 담벼락 아래로 숨었다.

부슝!

퍼걱!

등지고 있는 콘크리트 벽에 탄이 박히는 소리와 진동이 동시에 느껴졌다. 지영의 총구에서 불빛이 번쩍이는 걸 보고 다른 저격수가 바로 방아쇠를 당긴 것이다. 몸을 숨기는 게 조금만 늦었어도, 그리고 사격한 저격수가 제대로만 노렸어도 지영의 머리가 날아갔을 것이다.

'반응 속도가 좋은데……?'

거의 한 호흡 차이였다.

초로 따지면 아마 1초에서 2초 사이다.

저격수끼리의 싸움에서 이 정도 초 차이면 동시에 노렸을 경우 같이 재수 없으면 죽는다. 탄이 상대에게 도착해 박히기 전에 상대의 총구에서도 탄이 날아들 것이기 때문이다. 지영은 포복으로 다른 장소로 옮겨갔다. 좀 전 같은 상황을 염두에 두고 이미 옥상 여러 곳에 총을 거치시켜 놓은 상태였다. 무광 렌즈에 제대로 어둠까지 합쳐졌으니 지영이 다시 스코프에 눈을 가져다 대도 놈들은 파악하지 못할 것이다.

부슝!

아래층에서 총성이 울려왔다.

부슝!

그 아래층에서도 울렸다.

퍽! 퍼억!

두 개의 소리가 들린 걸로 보아 명중이었다.

바로 아래층은 정순철이 있고, 다시 그 아래층은 안젤라가 총기를 사방에 펼쳐놓고 저격전에 임하고 있었다. 안젤라야 거의 모든 총기를 능하게 사용하고 있어 화력만 받쳐준다면 제 몫을 넘어 세 사람 몫은 충분히 하는 저격수였다.

쿵! 쿠웅!

옥상인데도 지면이 잘게 울렸다.

유조 탱크라도 터진 것처럼 붉은 화염이 저 멀리서 올라왔다. 뭐가 터졌는지는 잘 모르겠지만 지영은 당장 고개를 돌릴 순 없었다. 저격전은 철저하게 먼저 움직이는 놈이 지는 게임이었다. 흐릿하게 뭐가 지나가는 것조차 허용하지 않는 한 방 싸움이라, 지축이 흔들리건 근처에서 폭탄이 터지건 움직여서는 안 되는 상황이었다.

그렇게 10분쯤 지났을 때였다.

—Capitaine?

"응."

―전방 옐로우 외벽 3층 좀 봐주세요.

안젤라의 말에 지영은 스코프를 천천히 움직여 노란색 외벽 건물을 찾았다. 야시경 모드라 그런지 쉽게 찾아지지 않았다. 스코프에서 시선을 슬쩍 뗀 뒤에 건물을 확인한 지영은 다시 스코프를 대고 3층을 찾았다.

3층 끝에, 비스듬히 나온 총구가 보였다. 그리고 총구는 현재 안젤라가 있는 곳 근처를 겨누고 있었다.

"찾았어."

―그놈이 지금 저를 노리고 있어요. 지영 사각에 있는 놈은 제가 잡을 수 있는데, 앞에 있는 놈 좀 정리해 주세요.

"알았어."

―제가 견제사격하겠습니다.

정순철의 무전을 들은 지영은 놈의 머리가 있을 곳을 겨눴다. 일단 당장은 멀찍이 떨어졌을 수도 있었다. 정순철이 견제사격에 총구가 정확히 정순철이 있는 쪽을 향해 가는 걸 확인해야 한다.

―갑니다.

부슝……!

파캉!

정순철의 저격이 안젤라를 노리던 놈 근처의 창틀에 박혔다. 그러자 움찔했던 총구가 정순철이 있는 곳으로 빠르게, 망설임 없이 돌아가는 걸 확인한 지영은 곧바로 방아쇠를 당겼다.

부슝……!

쨍……!

퍼억!

섬뜩한 파육음 소리가 들리자 지영의 사각에서 지영을 먼저 잡고 노리고 있던 놈의 총구가 반사적으로 움직였고, 부슝……! 퍼억! 안젤라의 저격이 놈의 대가리를 그대로 뚫어버렸다.

총구에서 머리를 뗀 지영은 다시 포복으로 자리를 옮겼다. 이번 저격으로 어차피 셋의 위치는 전부 노출이 된 상태다. 그러니 전부 위치를 이동하는 게 옳았다. 자리를 이동한 지영은 다시금 천천히 스코프로 주변을 훑기 시작했다.

—Y 움직입니다.

김지혜의 무전에 지영은 후우, 한숨을 내쉬었다. 짧은 저격전으로 인해 이목이 쏠렸을 것이다. 아마 이쪽으로 경계가 더욱 심해졌을 거고, 유리는 그걸 노리고 다시 움직이기 시작했다. 성수정이 깨어났는지 안 깨어났는지 모르지만 일단은 기다리는 수밖에 없었다. 그때였다.

—다들… 나 괜찮아요…….

착 감긴 성수정의 무전이 들어왔고, 지영은 반사적으로 안도의 한숨을 내쉬었다.

"괜찮아요?"

—네… 근데 어깨가 많이 아프네요. 관통상은 아닌데 날개뼈 쪽에 문제가 생긴 것 같은데……. 더 이상 전투는 못 할 것 같아요…….

"살아 있으니 됐어요. 전투 끝내고 얼른 치료받으러 가요."

—네… 미안해요.

"미안은……!"

울컥! 속에서 뜨거운 뭔가가 올라와 저도 모르게 목소리가 커졌다. 하지만 상황이 상황인지라 얼른 소리를 내리눌렀다.

그녀와 유리는 가장 위험한 임무를 맡았다.

등 뒤에서 저격을 당했다. 지영은 머리가 노려지지 않은 게 정말 천만다행이라고 생각했다. 아무리 헬멧을 썼다고 해도 저격 라이플의 탄환이 가진 운동에너지는 성수정을 한 방에 저승 문턱까지 보냈을 것이다.

"후우, 아무것도 하지 말고 그대로 있어요. 전투 끝나면 바로 데리러 갈게요."

—네…….

무전은 그걸로 끝이었다.

지영은 입술이 바짝 타는 걸 느꼈지만 조급한 마음을 비우기 위해 서랍까지 열어젖혔다. 오랜만에 연 서랍으로 인해 마치 공중에 부유하는 것처럼 정신이 몽롱해졌다가, 그런 감각이 사라지자 깨끗한 평온이 찾아왔다.

"후-우……."

그렇게 마음을 비운 지영은 다시 스코프에 눈을 대고, 다시금 차분한 마음으로 적을 찾기 시작했다.

＊　　　　＊　　　　＊

유리는 의식을 못 차리고 신음만 흘리는 성수정을 걱정스러운 눈으로 바라봤다. 저격이다. 그것도 등짝을 제대로 얻어맞았다. 마침 본인이 성수정을 저격한 놈을 잡으러 가는 길이 아니었다면 그다음 저격으로 성수정은 무조건 죽었을 것이다.

골목 안쪽의 허름한 창고로 성수정을 옮긴 유리는 의식이 완전히 끊긴 성수정을 살폈고, 다행히 관통상은 없어 안심했다. 하지만 그래도 마음을 놓진 않았다. 몇 번의 격돌이 있고 나서 성수정은 정신을 차렸지만 제대로 맞았는지 눈이 완전히 풀려 있었다. 이상하게 뇌진탕 기색까지 보였다.

"수정, 나 보여?"

"으……."

침이 줄줄 샜다.

몸이 통제가 되지 않고 있단 뜻이었다.

짝짝.

유리는 성수정의 뺨을 두어 차례 때렸다. 그제야 의식을 차린 유리는 으으, 하는 신음을 계속 냈다.

"괜찮아?"

"어깨가……."

그렇게 말하는 성수정은 눈물까지 흘렸다. 이만한 여자가 아파서 눈물을 흘릴 정도라면, 이건 제대로 어디가 망가졌다는 뜻이었다. 아프다는 곳을 확인하기 위해 유리는 성수정의 슈트를 벗겼다.

"으윽……!"

"조금만 참아봐. 편하게 해줄게."

"으읍……!"

소리를 내면 안 된다는 걸 본능적으로 깨달은 성수정은 다른 손으로 입을 틀어막았다. 어깨 쪽을 조금 벗긴 유리는 안색을 굳혔다. 벌써 파랗게 피멍이 올라오고 있었다. 자신과 붙어도 대등한 성수정이 고통에 덜덜 떨고 있을 정도다. 그러니 이 정도면 무조건 내출혈이 의심됐다.

"뼈가 부러졌거나 조각난 것 같아. 절대 움직이면 안 돼."

차분한 유리의 말에 성수정은 고통에 눈물이 그렁그렁한

얼굴로 고개를 끄덕였다.

"모르핀 놔줄까?"

"아니요……."

정신까지 몽롱해지면 최악의 경우 적이 이곳을 찾아와도 꼼짝도 못 하는 상황이 올 것이다. 그건 유리도 알기에 성수정이 거절하자 더 재촉하지 않았다.

"나 가봐야 할 것 같아."

"가요……."

"응."

유리는 성수정의 손에 글록을 쥐어주곤 몸을 일으켰다. 지켜야 하는 싸움이 있고, 제거해야 하는 싸움이 있다면 지금은 둘 다였다. 적을 제거해야만 내 동료가 사는 싸움, 지금이 딱 그랬다.

그게 유리는 신선했다.

그녀는 언제나 죽이는 싸움만 했었다. 표적을 죽이는 것만이 목표인 그런 암살만 했었다. 하지만 지금은 아니었다.

'내 동료를 지키기 위한 싸움…….'

유리는 입술을 아작 깨물었다.

툭 터진 입술 때문에 비릿한 피 냄새가 혀끝을 타고 입 전체를 맴돌았다. 이는 의식을 깨우기 위한 그녀만의 버릇이었다. 그리고 반드시 죽이겠다는 필살의 다짐이기도 했다. 루스

키예(Русские) 특유의 푸른 눈이 마치 귀화처럼 타오르기 시작했다.

'내 사람을 괴롭혀?'

그런 생각이 들자 유리의 입가에 섬뜩한 미소가 걸렸다.

스르륵.

유리의 움직임은 매우 빨랐다.

성수정과 비슷하지만 미묘하게 달랐다.

ㅡ전방 사거리 좌측, 100미터 붉은색 외벽 3층, 저격수 확인.

움직이는 와중에 김지혜의 무전이 들려왔다. 유리는 고민 없이 앞의 사거리에서 좌회전을 한 뒤 붉은색 외벽 건물을 찾았다.

스르릉.

계단 입구에 선 그녀는 조심스럽게 대검을 뽑아 들었다. 퍼렇게 서 있는 날이 일순간 반짝였지만 아무도 그 빛은 보지 못했다. 엉금엉금, 네 발로 상체를 바짝 지면에 붙인 뒤 마치 거미처럼 계단을 타고 올라갔다. 엎드린 자세라 허벅지, 종아리, 양팔에 부담이 갔지만 최대한 소리를 안 내고, 적의 시야에서 한순간이라도 벗어나려면 이 자세가 최고였다. 시간을 오래 끌 수는 없어 조금 무리해서 3층에 도달하자 공사가 되다 만 듯 텅 빈 공간이 나왔다. 그 끝에 황토색 길리슈트로 위장한 저격수가 보였다. 유리는 움직이기 전에 주변부터 살폈다. 저놈 자체가 함정일수도 있다는 생각이 들었기 때문이었다.

'수정이도 당했으니까.'

유리가 아는 성수정은 결코 약한 사람이 아니었다. 만약 적으로 칼을 들고 마주쳤다면 둘 중 하나는 반드시 죽었을 텐데, 마지막까지 서 있는 사람이 자신이라고 확신할 수 없는 실력을 지녔다. 자신과 비슷하게 어려서부터 살인 병기로 키워진 성수정도 당했을 정도의 함정이 여기저기 설치되어 있다는 뜻이었고, 유리의 시선이 어느 한 지점에서 딱 멈췄다. 자신 쪽으로 총구도 안 돌린 채, 오히려 같은 편 저격수 쪽을 겨누고 있었다. 의도는 명백했다. 유리가 저격수를 잡으러 다가가는 순간, 뒤를 노리겠다는 뜻이었다. 성수정에게 간 덫과 아주 똑같은 덫이었다. 하지만 유리는 모든 걸 떠나서 동료의 목숨을 미끼로 걸었다는 게 마음에 들지 않았다. 이 거리면 그냥 권총 사격으로도 잡을 수 있는 거리였다. 검날을 입술로 문 유리는 허리춤에서 글록 하나를 더 꺼냈다.

그리곤 정조준으로, 창가에 있는 저격수가 총구를 움직이는 순간 방아쇠를 당겼다.

탕! 타앙!

퍽! 퍼억!

양 손목, 팔꿈치, 어깨로 둔중한 반동이 오는 순간 노린 표적의 뒤통수와 등판에서 피가 쭉 뿜어지는 게 보였다. 그 순간 유리는 이미 몸을 돌렸다. 놀랐는지 급히 앞으로 나오는 총구가 보였다.

탕!

타앙!

픽! 꽈직!

이번에도 끊어 쏜 사격이 저격총의 총열과 개머리판을 때려 부쉈고, 탄에 담긴 힘에 총이 바닥에 떨어지는 순간 유리는 몸을 날렸다.

파바박!

먼지가 일 정도로 빠르게 달려가는 유리의 손엔 어느새 입에 물었던 대검이 쥐어져 있었다. 총이 떨어지자 이번엔 권총이 불쑥 나왔다. 하지만 유리는 그걸 손바닥으로 툭 쳐올렸다.

타앙!

핏!

귀 위를 스치고 탄이 지나가며 화끈한 통증이 일어났지만 이 정도는 부상도 아니었다.

푹!

푹! 푹! 푹!

목, 쇄골, 다시 목, 목. 네 방을 연달아 찌른 유리는 마지막으로 목울대를 사정없이 그었다.

서걱!

살이 갈라지면서 하얗게 변했다가, 금세 붉은 피를 머금고
는 쭉쭉 뿜어냈다.

"큭, 크르륵……."

"……."

총총총, 유리는 튕기듯이 세 걸음을 물러났다. 상대는 목과
쇄골에서 뿜어지는 피를 막으려고 발버둥을 치지만 그런다고
막아질 게 아니었다. 결국은 철퍽, 적이 썩은 고목처럼 앞으로
쓰러지고 나서야 후우, 한숨을 내쉰 유리는 총을 다시 회수해
서 현장을 떠났다. 밖으로 나온 유리는 전보다 환해진 것을
확인하고 하늘을 올려다봤다.

비는 그쳐 있었다.

달을 가리고 있던 비구름도 어느덧 많이 사라져 있었다.

하지만 아직은 밤이었다.

"밝네."

그리고 밤은 언제나 그렇듯, 자신의 시간이었다. 다시 귀에
들려오는 김지혜의 무전에 유리는 생각을 접고, 은밀하게 움
직이기 시작했다.

Chapter106
Glory Day

부슝!

퍼억!

―저격수 제거 완료, 시청 근처 더 이상 저격수 없습니다.

"후우……."

김지혜의 중계로 인해 마지막 저격수를 잡은 뒤 한숨을 내쉬고는 스코프에서 눈을 뗐다. 한쪽 눈으로만 집중을 했더니 메말랐는지 눈이 심하게 뻑뻑했다. 담벼락에 등을 기댄 지영은 품에서 담배를 꺼냈다. 축축한 바닥에 누워 있었지만 다행히 케이스에 넣어놔서 젖지는 않았다.

치익.

"후우… 아……."

연기를 내뿜은 지영은 나른한 신음을 흘렸다. 근 1시간을 훌쩍 넘기는 질긴 싸움이었다. 적 저격수들이 자리를 잡았지만 블랙마켓에서 뿌려놓은 드론들에게 이미 위치를 전부 파악당했고, 지영과 안젤라 정순철은 가능한 놈들부터 바로 제거에 들어갔다. 사각에 있는 놈들은 유리가 움직여서 잡았다. 사방에서 폭탄이 터지고, 투다다다! AK소총 특유의 콩 볶는 소리가 지겹게 들려왔지만 지영은 이쪽 전장에 온전히 집중했다. 그 결과, 전투는 승리했다. 반군의 저격수는 모조리 죽었고, 지영의 팀은 전원 생존했다.

성수정이 부상을 당하긴 했지만 그래도 사망자는 한 명도 없었다. 이런 전투에서 사망자가 없다는 게 솔직히 말도 안 되긴 하지만, 애초에 가장 중요한 위치 정보를 한쪽은 가지고 있고, 한쪽은 없다는 사실에서 승부는 완벽하게 갈린 상태였다.

지영이나 지영의 팀원은 이러한 유리함을 절대로 놓치지 않았다.

끼이익.

문이 열리고 안젤라와 정순철이 털레털레 걸어왔다.

그리곤 지영의 앞에 철푸덕 앉아 담배를 하나씩 입에 물었다.

치익.

"후우… 아우, 죽겠습니다."

연기를 내뿜은 정순철의 앓는 소리에 안젤라도 그렇다는
듯 인상을 찡그리며 격하게 고개를 끄덕였다.

"나도 죽겠거든요? 아우……."

골이 지끈지끈거렸다.

카심에게 연락해서 이제 반군을 끌어들여야 하는데 너무
지쳐서 솔직히 좀 쉬고 싶었다. 여태껏 단 한 번도 앓는 소리
를 한 적이 없는 지영도 이번만큼은 정말 제대로 지친 상태였
다. 지잉, 지잉, 이명이 귓속에서 계속 울렸다.

마치 환청처럼 부숭! 거리는 총성도 같이 울렸다. 지영은 이
게 꼭 PTSD 같다는 생각이 들었다. 당분간은 아마 계속 따라
다닐 게 분명했기에 지영은 쓴웃음을 지었다.

"후우……."

올라가다가 바람의 철퇴를 맞아 흩어지는 연기처럼 이명도
사라졌으면 좋겠다는 생각을 할 때, 안젤라가 다시 입을 열었
다.

"Capitaine."

"응?"

"이젠 어떻게 할 거야?"

"좀 쉬었다가 이제 마무리해야지. 카심이 이끄는 민병대도 많이 지쳤을 테니까."

"휴, 그 양반도 진짜 대단하긴 하네. 이 열악한 환경에서도 여기까지 버텨냈다니."

"괜히 알레포의 호랑이가 아니란 거겠죠."

물론 김지혜가 카심에게도 위성 영상의 정보를 전해줬을 것이다. 하지만 그런 정보를 어떻게 사용하는지는 전적으로 지휘관에게 달려 있었다. 도심의 지도를 아예 머릿속에 넣고 있지 않는 이상 대규모 공세를 아무리 김지혜가 중계를 해준다고 해도 버티는 건 결코 쉽지 않다. 그걸 생각하면 카심은 정말 타고난 지휘자이자, 지도자였다.

치익.

"후우… 근데 그가 당하면 정말 지영 여기에 나라 세우는 거야?"

"큽… 캑캑!"

코로 내뿜던 담배가 막혀 지영은 괴로움에 몸을 비틀었다. 그런 지영이 재밌었는지 안젤라는 배를 잡고 발을 동동 굴렀다. 눈물까지 찔끔 흘린 지영은 안젤라를 흘겨봤다.

"아, 죽는 줄 알았잖아요!"

"깔깔깔!"

전투가 끝난 전장에서 울린 안젤라의 웃음은 솔직히 좀 비현실적이었지만 지영은 반대로 그녀의 웃음 때문에 답답하고 지끈거리던 두통의 고통에서 좀 해방될 수 있었다. 담배 두 개비를 다 피고나서야 지영은 무전기에 손을 올렸다.

치익.

"카심, 이쪽은 정리 끝났습니다."

쿵!

무전이 뭔 신호라도 됐던 걸까?

저 멀리서 다시금 불길이 치솟았다.

솟아오른 불길이 올라온 것만큼이나 빠르게 사라졌다.

치익.

—이쪽도 소강상태로 접어들고 있소.

"보내 드릴 좌표로 천천히 후퇴하세요."

—알겠소.

현재 시간 새벽 네 시가 좀 넘었다. 그런데도 카심의 목소리는 여전히 단단했다. 그런 그의 대답을 들은 지영은 자리에서 일어났다. 지영이 일어나자 안젤라와 정순철도 같이 자리에서 일어났다.

몸이 슬슬 그만 좀 쉬자고 속삭이고 있지만 아직 전투는 끝나지 않았다. 반군을 전부 밀어내야만 이 전투는 끝이 난다. 지영이 총기를 회수해서 한쪽에 놓고 있을 때쯤, 벨 팀과 로건 팀에게서 무전이 왔다.

치익.

─벨 팀 타깃 제거 완료. 후우, 빡셌다, 이번엔!

─로건 팀도 끝냈소.

지영은 바로 답을 보냈다.

"사상자 있나요?"

─끙… 벨 팀 사망자 둘, 부상자 한 명이야.

─로건 팀은 사망자 한 명에 부상자 둘이오.

"……."

전투다.

이 정도면 전쟁이라고 해도 과언이 아니었다.

전투나 전쟁에서 사상자가 나오는 거야 지극히 당연한 일이었다. 하지만 이런 건 이상하게 가슴이 저렸다.

"이송 준비 해주세요. 전투 끝나면 바로 수송 헬기 올 거예요."

─라져.

─라져.

두 팀에게서 대답이 들린 뒤 바로 카심의 무전이 들어왔다.

─후퇴 시작하오.

"조심하십시오."

─후후, 알겠소.

웃음을 흘릴 정도로 카심은 여유를 되찾은 상태였다. 지영은 바로 장소를 옮겼다. 유리와 안젤라, 정순철이 양손에 가득 무기를 들고 포인트로 이동했다. 지영의 무전을 들었으니 벨 팀과 로건 팀도 예정된 장소로 이동했을 것이다. 세 사람의 뒤를 따라 10분간 달린 지영이 멈춘 곳은 이번에도 옥상이었다.

옥상에 도착하기 전에도 그랬지만, 옥상에 도착하고 나니 시가지에 벌어진 참상이 훨씬 잘 보였다.

곳곳에 불길이 치솟고 있었고, 먼저 퇴각하는 병사들은 거의 전부 부상자였다. 폭발에 팔다리가 날아갔거나, 총탄에 몸 이곳저곳을 뚫린 병사들의 퇴각은 이곳이 정말 21세기 지구가 맞나 의심이 들게 했다.

모두가 이불을 덮고 포근하게 잠이 든 시간, 이곳에서는 서로 죽이겠다고 총과 칼, 그리고 미사일을 날려대고 있었다. 그런 이곳에는 단순히 이질적이란 말로도 설명하기 힘든 지옥이 눈앞에 펼쳐져 있었다.

─벨 팀 포지션 점령 완료.

─로건 팀도 자리 잡았소.

"준비된 중화기로 겁을 주고 물러나면 그걸로 전투는 끝이니 무리하게 싸울 필요는 없습니다."

─알겠어.

─유의하겠소.

단단한 음성이었다.

동료의 죽음으로 분노심이 슬그머니… 아니, 독 오른 코브라의 머리처럼 솟아올랐겠지만 그걸 제어하고 있었다. 믿을 만한 동료, 이들은 등을 맡겨도 될 만한 이들이었다.

지영을 제외한 전 인원들이 블랙마켓에서 받은 선물을 곳곳에 배치하곤 명령을 기다리고 있었다.

쿠웅!

전방에서 불길이 다시 치솟았다. 못해도 지대공미사일이 터진 것 같은데 폭발력으로 보니 이번에도 차량이든 뭐든 인화성이 강한 뭔가를 폭격한 게 분명했다.

부상자들의 퇴각이 끝나자 본진의 퇴각이 서서히 시작됐는지, 사지 멀쩡하게 팔팔하게 달리는 병사들의 모습이 보이기 시작했다. 퇴각은 한참 걸렸다. 민병대의 숫자가 훨씬 부족했지만 전선을 일방적으로 내줄 수 없단 느낌을 풍기기 위해서 카심이 순차적으로 퇴각을 지시했기 때문이었다.

인내의 시간이 지나고 가장 선두 병력이 퇴각하는 게 보였다. 그들이 선두 병력이란 걸 알아볼 수 있는 이유는 딱 하나였다. 그들의 앞에 조금씩 밀고 들어오는 반군이 보였기 때문이었다.

―도착했소.

"보고 있습니다. 준비 중이니까 그대로 뒤로 천천히 빠지세요."

─알겠소.

투다다다!

투다다다!

쿵! 쿠웅!

카심은 물러서면서도 확실히 적을 저지했다. 절대로 전열이 흐트러지는 것은 용납하지 않았고, 그 결과 퇴각하는 민병대의 총에 반군들이 계속해서 죽어나갔다. 그렇게 다시 한참, 카심이 지영이 있는 옥상 건물을 지나쳐 뒤로 빠져나갔다. 그걸 보며 지영은 혀를 내둘렀다. 저 나이에 선두에서 군을 여태껏 이끌고 있었다.

그의 행색은 옥상에서 봤을 때보다 훨씬 더 망가져 있었다. 머리는 봉두난발이었고, 얼굴은 알아볼 수조차 없이 숯검정과 먼지로 새까매져 있었다. 하지만 그래도 스코프에 비치는 카심의 눈빛은 왜 그가 알레포의 호랑이인지, 시리아 민병대의 정신적 지주인지 알게 해줬다.

지영은 다시 스코프로 반군을 확인했다.

많았다.

벌써 세 번째 교전인데도 적의 숫자는 새까맣다는 표현이 어울릴 정도로 많았다. 도로를 점거하고 접근하는 반군들을 보며 지영은 이놈들이 애초 예측했던 것보다 많이 왔음을 깨달았다.

―커멘더?

벨의 무전이 들려왔다.

"네."

―이거, 너무 많은 것 같은데?

―동감이오. 잘못하면 역습에 우리도 위험해질 것 같소.

그건 지영도 같은 생각이었다.

지대공미사일을 날려 폭격을 한다고 해도 이쪽에서 많이 날아가 봐야 한 번에 열 발에서 열두 발 정도다. 그럼 저쪽에서는 몇 발이나 날아올까? 어차피 물량을 믿고 들어오는 놈들이 갑자기 달려들어 건물을 점거하고 올라오면 아예 대책이 안 설 것이다. 지영은 고민해야 했다. 이대로 그냥 두면 이놈들은 계속 전진해서 카심이 이끄는 민병대를 압박할 것이고, 제아무리 카심이 대단하다고 해도 물량 공세에 무너질 수도 있었다.

그리고 가장 중요한 건, 카심을 이미 지영이 물려 버렸단 사실이었다. 잘 버티고 있던 상황인데, 이미 물려 버렸으니 다시금 전선을 구축하는 데 시간도 걸리고, 이전처럼 좋은 전장을 구하기도 힘들 것이다. 그리고 그러는 사이, 민병대는 계속해서 죽어나갈 것이다. 그렇게 지영이 고민하는 사이 시간이 속절없이 흘러갔다.

─커멘더?

벨이 재촉하는 부름에 지영은 결국 양단간에 결정을 내리기로 했다. 하지만 그 결정을 방해하는 무전이 다시 들어왔다.

─지영아.

어……?

임수민이었다.

"응."

─돈 좀 썼어. 너 나중에 나한테 갚을 거 아주 많을 거야.

"무슨 소리야?"

─후후, 조금 지켜보면 알아.

"……."

임수민이 이렇게 말한다는 건 뭔가 또 했다는 건데… 지영은 대충 예상이 갔기에 씩 웃을 수 있었다. 그래서 바로 무전을 돌렸다.

"폭격 중지, 대기합니다. 유탄에 당할 수 있으니 옥상에서 다들 대피하세요."

─음?

─괜찮겠소?

"네, 지금 당……."

두드드드드!

두드드드드!

지금 당장 빠지라는 말을 하려고 했는데 벌써 저 멀리, 이
제 막 떠오르는 태양을 등지고 시꺼먼 동체가 솟아올랐다. 하
나가 아니었다. 선두로 올라선 헬기 말고, 그 옆으로 줄줄이
올라서 거리가 상당한데도 살벌한 기세를 풍기기 시작했다.
그 수가 한두 대도 아닌, 무려 열한 대에 이르자 엄청난 압박
감을 선사했다.

전장은 갑작스러운 헬기 편대의 등장으로 즉각 침묵에 빠
졌다.

―오… 저거야?

―헬기 편대 지원이라……. 커맨더 정체가 정말 궁금해지
오.

벨과 로건의 말에 지영은 피식 웃었다.

이건 전적으로 임수민의 능력이었다. 블랙마켓의 통합 운영
자 말고도, 어째 그녀가 숨겨놓은 신분이 더 있는 것 같았다.
삶을 이어오면서 갖춰놓은 것들이 너무 달랐다. 그사이 유로
콥터 AS—532 쿠거 열한 대가 어느새 반군의 뒤를 잡고는, 잠
시 그 자리에 서서 지시를 기다리는 것처럼 대기했다.

멍…….

왜? 뜬금없이 공격형 기동 헬기가 왜 나타난 거지?

모두의 머릿속에 그런 의문이 들기 시작했을 때, 헬기 하단

에 달린 개틀링 건이 위이이잉! 소리를 내면서 회전하기 시작했다. 열한 대가 동시에 가동시키는 개틀링 건의 소음은 그 의도를 아주 명확하게 내보였고, 반군은 멍하니 있다가 그제야 미친 듯이 사방팔방으로 흩어지기 시작했다. 하지만 대로변이고, 주변에 건물도 별로 없는 시가지였다.

푸슈웅!

푸슈웅!

투다다다……!

공격 기동 헬기의 무장이 반군을 그대로 찢어발겼고, 그 뒤로 붉은 아침 해가 진혼곡의 배경처럼 떠오르기 시작했다.

쾅!

콰과광!

잔혹한 폭발음이었다.

불기둥 수십 개가 솟구치며 파편이 여기저기 떠오르기 시작했다. 그중에는 돌이나 건물의 잔해가 아닌, 인간의 육신도 있었다. 폭발에 찢긴 팔다리가 마치 우박처럼 떨어지는 광경은 결코 맨정신으로 볼 수 있는 광경이 아니었다. 미사일도 미사일이지만, 열한 대의 헬기에서 쏟아내는 탄환은 반군에게는 재앙 그 자체였다. 급하게 반항해 보지만 고작 AK소총 따위로 헬기를 어떻게 할 수는 없었다. 가끔 미사일이 날아오기도 하지만 넓게 포진한 헬기는 미사일 따위는 유려한 움직임으로 가볍게 피해 버렸다.

마치 댄싱을 하는 것 같았다.

열 추적 센서가 달린 미사일을 보유하지 않은 이상 애초에 헬기를 상대하는 건 무리였다. 게다가 지금 날아온 쿠거 편대는 일단 최소한의 무장만 하고 있는 상태지만 그 때문에 오히려 기동성이 늘어 더욱 악에 받친 반군의 공격을 모조리 무효로 돌리고 있었다.

투다다다!

투다다다!

머신 건이 빈 탄피를 마치 비처럼 쏟아냈다. 반군을 상대로 하기 때문에 미사일보단 머신 건의 탄알을 더 들고 왔는지 사격은 끝없이 이어졌다. 열한 대의 쿠거는 이제 아예 찢어져서 반군을 상대하기 시작했다.

강습용 헬기의 무서움이 여기서부터 나타났다. 하필이면 전소된 건물이 대부분인 곳을 지나고 있던지라 반군은 채 흩어지기도 전에 거의 몸통이 걸레가 되도록 찢겨 나가야 했다. 5분? 10분?

지영에게는 그리 오랜 시간이 아니지만, 반군에게는 거의 억겁과도 같은 시간 동안 반군을 유린한 헬기가 마지막 미사일까지 날리고 나서야 다시 대장기를 중심으로 뭉치기 시작했다.

두드드드!

그리곤 마치 봤냐? 우리가 이 정도다! 이렇게 뽐내는 것처럼 한동안 떠 있더니 선회해서 전장을 이탈하기 시작했다. 이제는 완연하게 떠오른 해를 향해 가는 것처럼 헬기들이 떠나고 나자 전장은 급속도로 정적에 쌓여갔다.

─휘유…….

─이거 참, 엄청나군요.

고작 열한 대의 강습용 헬기의 등장은 반군의 혼을 쏙 빼놓았고, 아군의 혼도 다른 의미로 속 빼놓았다.

─커멘더. 대체 정체가 뭐요?

로건 팀의 로건의 진지한 물음에 지영은 대답 대신, 카심에게 연락을 했다. 전의가 뚝 꺾이는 정도가 아니라 아예 분질러진 반군이었다. 이 이상은 이제 굳이 지영의 팀이 나설 필요도 없었다.

"카심."

─알겠소.

뭘 알겠다는 건지?

하지만 지영은 두 번 말하지 않았다.

카심 정도 되는 이가 이 정도의 눈치도 없을 거라곤 생각지 않았기 때문이다.

—고맙소.

"고맙기는요."

—뒤는 내게 맡기시오.

"마지막까지 조심하세요."

—하하, 그 증표가 부담스러워 그렇소?

잊고 있던 증표 얘기가 나오자 지영은 쓴웃음을 지었다. 부담스러운 정도가 아니었다. 어쩌면 그 증표는 이곳 시리아에서는 절대적인 권력을 상징하는 증표나 다름없을 것이다. 하지만 큰 권력에는 당연히 책임과 의무가 뒤따른다. 농담이 아니라 카심에게 받은 목패는 정말로 그런 권력의 힘을 담고 있었다.

시리아, 종교에 빠진 이들이 무서운 점은 고작 이런 나무 증표 하나에 목을 맨단 것이다. 만약 정말 카심에게 무슨 일이 생기면, 정말 지영은 이들을 이끌 수도 있을 것이다. 속주머니에 넣어놓은 나무 증표는 지영에게 그럴 만한 권한을 안겨줄 테니 말이다. 하지만 지영은 그러기 싫었다.

제 한 몸 건사하기 위해 이곳으로 넘어왔는데, 몇 십만, 몇 백만이나 되는 이곳 시민들을 건사하고 싶은 생각은 조금도 없었다.

—걱정 마시오. 나는 이렇게 건재하니까 말이오.

카심의 농담 섞인 말에 무전으로 팀원들이 쿡쿡거리며 웃는 소리가 들렸다.

　―지영, 진짜 여기에 나라 하나 세우는 게 어때? 나 장관 시켜주고.

　―하하, 맞습니다. 저는 정보국장 시켜주십시오.

　―난 야전 사령관.

　―전 특수 팀 사령관 자리로 만족하오.

　이 사람들이…….

　팀원들과 벨, 로건의 농담에 지영은 순간 말문이 턱 막혔다. 그런데 그 농담을 카심이 또 받았다.

　―그대들이 설득 좀 해주시오. 그럼 내가 정말 민족국가를 세우게 해주겠소. 하하.

　―오… Capitaine! 이건 기회야! 놓치지 말자!

　지영은 그냥 고개를 절레절레 저은 후 침묵으로 일관했다. 그렇게 지영이 반응이 없자 다시 금방 시들시들해졌다. 상황이 상황이지만 이렇게 농담을 하는 이유는 그동안의 부담, 긴장을 떨쳐내기 위한 하나의 방도였다. 지영도 그걸 아는지라 화를 내진 않았다.

　치익.

　"후우……."

　연기가 뭉게뭉게 올라갈 때쯤이었다.

　"우와……!"

"인샬라!"

거대한 외침이 갑자기 후방에서 들려왔다. 민병대의 외침이었고, 카심이 마지막 전투를 치르기 전에 민병대의 전의를 끌어 올린 것임을 알고는 그냥 묵묵히 전장을 내려다보며 담배를 필 뿐이었다.

민병대의 이동이 다시 시작됐다.

카심은 이 와중에도 신중하게 지휘를 했다. 괜히 급하게 달려가다가 눈 먼 탄알에 죽는 병사가 생기지 않게 하기 위해서였다. 이러한 이동과 좀 전의 외침은 분명 반군에게도 들렸을 것이다.

그럼 그들이 택하는 건 사실상 하나밖에 없었다.

퇴각.

만약 그 선택지를 고르지 않으면?

'사기가 뚝 부러졌으니 여기서 전멸이지.'

도망가는 것만이 그나마 목숨을 보존하는 유일한 방법이었다. 지영은 반군을 지휘하는 대가리가 누군지는 모르지만 설마 여기서 버티려고 미친 짓을 하진 않을 거라고 봤다. 그리고 그건 정답이었다.

치익.

—반군 퇴각 시작했습니다.

김지혜의 무전에 여기저기서 안도의 한숨이 흘러나왔다. 그녀의 말은 곧, 전투의 종료를 뜻하는 것이기 때문이었다. 다들 총구 앞에 서 있지만 그렇다고 이런 미친 전투를 좋아하는 건 절대로 아니었다.

―후아… 또 이렇게 미친 작전 하나가 끝났군요.

"그 정도로 미친 작전은 아니었잖아요? 화력지원도 빵빵했고, 정보도 선점했는데."

―저격수 20을 고작 다섯이서 잡는 건요?

"에이, 그 정도야 다들 알아서 잘할 수 있으면서."

지영의 말에 정순철이 하하, 하고 웃음을 흘렸다. 슬쩍 아래를 내려다보니 민병대의 이동이 점점 빨라졌다. 카심이 김지혜의 영어 무전을 따로 듣고 속도를 올린 탓이었다. 작전은 이걸로 이제 슬슬 마무리를 향해 달려갈 것이다.

지잉.

지잉.

"나야."

―선물은 어땠어?

"눈물 날 뻔했다."

―아하하! 다행이네. 수송 헬기 곧 갈 거야. 부상자들 한곳으로 이동시키고 좌표 보내줘.

"그래. 어디로 보내?"

―이스탄불. 걱정 마. 안전하게 치료할 테니까.

"고맙다."

―고마우면, 이제 돌아와서 우리 일 좀 해결하자. 응?

피식.

부담을 줄여주려고 이러는 임수민이 고마울 뿐이었다.

"그래야지."

―이제 얼마 안 남았으니까 힘내고. 맞다. 은재 또 힘들어 하더라. 너네 뭐 따로 연락하는 거 아니지?

"그때 못 봤냐? 나 쫓아내는 거?"

―봤지. 봤는데 너무 신기해서 그러는 거지.

"적당히 얘기해 줘. 괜찮다고."

―후… 넌 나중에 나한테 정말 거하게 갚아야 할 거야.

"이자까지 쳐서 갚아준다."

―후후, 믿을게. 그럼 마무리 잘하고.

뚝.

전화를 끊은 지영은 바로 김지혜와 정순철에게 상황을 설명했고, 벨 팀과 로건 팀에도 부상자를 한 곳으로 이동시키라는 얘기를 전했다. 지영이 저격수들과 싸웠던 시청으로 부상자들을 이동시키자 어둠은 이제 완전히 물러가 버렸다. 물러간 어둠 대신, 찬란한 해가 떠올랐다. 붉은 해는 떠오를 땐 잔혹해 보였지만, 이제는 오히려 영광, 광휘라는 단어가 어울리는 해가 되었다.

이게 모두 살아남았기 때문에 가능한 감정의 변화였다.

아침 해가 뜨고, 새벽의 어둠이 물러가고, 정상적이었다면 곳곳에서 아침을 준비하는 연기가 피어오를 무렵쯤이 되자, 카심의 무전이 들어왔다.

─반군은 모두 물러갔소.

"후우……."

끝났다.

"고생하셨습니다."

─고생은 무슨, 그대들의 도움에 그저 감사할 뿐이오.

이 전투의 발단이 자신인데도 도움에 감사하다는 카심의 말에 지영은 씁쓸한 웃음을 지었다. 이렇게 괜찮은 사람이 시리아를 이끌었다면, 아마 십 년이 넘게 이어지던 내전은 진즉에 끝났을 지도 몰랐다.

'하지만 이 내전은 그저 시리아 혼자만의 내전이 아니니까…….'

아프리카와 이곳은 열강들의 주요 무기 판매처였다.

재래식 무기를 가장 빨리 처분할 수 있는 곳이 바로 아프리카와 중동이고, 그렇게 얻는 돈은 아마도 비자금으로 사용될 것이다.

그것 말고도 자원과 관련된 복잡한 이해관계가 얽혀 있었다.

"악마 새끼들……."

악마는 멀리 있지 않다.

오히려 매우 가까이 있었다.

―어디 있소?

"지나온 길에 있는 붉은색 건물 옥상에 있습니다."

―곧 가겠소.

증표도 돌려주어야 하니 만나긴 해야 했다.

수송 헬기가 부상자들을 데리고 가고, 그다음에야 카심이 찾아왔다. 지영은 그가 오자마자 증표를 건넸다. 이 부담스러운 걸 얼른 치워 버리고 싶은 마음 때문이었다. 그걸 받아 든 카심은 허허, 웃었다.

"그렇게 부담스러웠나 보오?"

"그 물건은 누가 받아도 그럴 겁니다."

"못 받아서 안달인 이도 있소."

"그렇습니까? 그럼 적어도 저는 아닙니다."

"아쉽구려."

아쉽다니, 그 무슨 무서운 말을……

"담배 한 대 얻을 수 있겠소?"

"물론입니다."

지영은 케이스를 열어 이제 남은 두 개비 중 하나를 건넸다. 그리곤 지영도 남은 하나를 입에 물었다.

치익.

"후우……."

허례허식을 싫어하는지 카심은 지영이 붙여주는 불을 자연스럽게 받았다.

털썩.

카심은 불을 붙이고 빗물로 흥건한 바닥에 그냥 주저앉았다.

지영도 마찬가지로 앞에 앉자, 그가 씩 웃으며 말했다.

"식사를 대접할까 하는데, 어떻소?"

"죄송하지만 식사는 나중으로 미뤘으면 좋겠습니다."

"음… 아쉽구려."

카심에게는 맨 얼굴을 그대로 보여주고 있지만, 그가 아닌 다른 사람들에게는 굳이 얼굴을 노출시킬 필요는 없었다.

"언제 떠날 생각이오?"

"슬슬 가려고 합니다."

"힘든 작전이 있으면 연락하시오. 내 힘닿는 대로 돕겠소."

"그럴 일이 있다면 연락하겠습니다."

"하하, 알겠소."

자리에서 일어난 카심은 잠깐 눈살을 찌푸렸지만 지영은 굳이 괜찮냐고 묻지 않았다.

늙었지만 호랑이고, 전투를 완벽하게 끝낸 지휘관이다. 그런 카심은 지금도 얼굴과 행색은 엉망이지만 눈빛만큼은 전에 없이 빛나고 있었다. 그 눈빛은 수없이 많은 인생에서도 몇 없는 고고하고 단단한 눈빛이었다.

"다시 한번 감사의 말을 전하오. 고맙소."

"……."

지영은 그냥 웃는 낯으로 고개를 끄덕였다.

카심은 그렇게 다시 옥상을 떠났다.

―시청에 수송 헬기 대기 중입니다.

"곧 갈게요."

지영도 담배를 마저 태우고 바로 시청으로 향했다. 육중한 치누크 수송 헬기. 지영은 이놈을 임수민이 대체 어떻게 보냈을까 하는 고민 같은 건 이제 하지 않았다.

강습 헬기 11대를 보낼 정도로 능력이 있는 임수민이다. 그런 거에 비하면 이런 수송 헬기는 그저 우스울 뿐이었다. 지영의 팀과 벨, 로건 팀, 알파 팀이 전부 탑승하자 헬기는 바로 떠서 아부 카말을 떠났다.

"우와……!"

막 떠올라 상공을 한 번 회전하는데 아래에서 민병대가 손을 흔드는 게 보였다. 그걸 들었는지 조종사는 몇 차례 더 선회를 하곤 아부 카말을 떠났다.

긴장이 슬슬 풀리자 졸음이 쏟아졌다. 헬기의 진동만 없었으면 바로 기절했을 것이다.

도중에 김지혜를 태운 치누크는 한참을 날고 나서야 멈춰 섰다.

조종사가 엄지를 척 올리곤 다시 떠났고, 지영은 또 언제 가져다 놨는지 모를 험비로 걸음을 옮겼다.

"헤이, 커멘더?"

자신을 부르는 소리에 고개를 돌려보자 벨이 저벅저벅 걸어왔다.

"이렇게 보는 것도 어쩌면 오늘이 마지막이 될 것 같은데, 헤어지기 전에 한잔할까?"

"음……."

지영이 그 말에 고민하며 팀원들을 돌아봤다.

그러자 다들 고개를 끄덕였다. 같이 붙어서 싸우진 않았지만 한 팀으로 그 어려운 전투를 이겨냈으니 전우애가 생기는 것도 이상한 일은 아니었다. 하지만 당장 자리가 좀 아쉬웠다. 뭐 먹을 만한 것도 없었고.

하지만 그건 기우였다.

"Capitaine! 여기 고기와 술이 한가득 있어!"

"쌀이랑 김치도! 이건 텐트 같은데?"

트럭 한 대의 짐칸을 살피던 안젤라의 외침에, 지영은 임수민의 준비성에 감탄하며 고개를 끄덕일 수밖에 없었다.

술이라, 안 그래도 사실 지영도 술 생각이 간절하던 참이었다. 이렇게까지 판을 깔아줬으니 그냥 가는 것도 웃기다.

씻지도 못해 찝찝함이 장난 아니었지만 몇 시간 못 씻는다고 뭐 달라질 것도 없었다. 지영은 결정을 내리곤 고개를 끄덕였다.

"그러죠. 대신 여기서 마시고 쉽시다. 더 시간을 보내면 어째 늘어질 것 같으니."

"와우! 뭐 하냐, 이것들아! 빨리 판 깔아!"

"네!"

벨 팀과 로건 팀, 알파 팀이 우르르 트럭으로 달려들 갔다.

술과 고기. 살아남은 자들이 누릴 수 있는 특권이었고, 이들은 그 특권을 마음껏 누릴 자격이 있었다.

지영은 벨, 로건, 알파 팀과 고기와 술로 전투 후의 회포를 풀고 다시 타드몰로 돌아왔다. 이제는 익숙한 타드몰의 폐허는 이상하게도 안정감을 줬다.

돌아와서 씻고, 지영을 비롯한 팀원들은 이틀을 죽은 듯이 쉬었다.

체력 하나는 자신 있던 지영도 이번만큼은 정말로 제대로 지쳤다.

이틀을 죽은 듯이 쉬었는데도 체력이 올라오지 않았을 정도였다. 3일째 되니 좀 움직일 만해졌다. 그렇게 1주가 지나자 지영과 팀원들은 다시 몸을 풀기 시작했다.

일주일 째, 성수정과 연락이 닿았다. 그녀는 등판에 제대로 맞아서 어깨뼈가 조각나 버렸다. 대물 저격총의 관통력은 방탄복이 다행히 막았다.

이는 정말 기적 같은 일이었다.

거리가 상당했기 때문에 탄의 힘이 꽤나 약해진 것도 요인이지만, 일단 기본적으로 방탄복의 성능이 기가 막히게 좋았다. 그래서 탄이 관통은 못 했다. 하지만 탄환에 담긴 물리에너지는 성수정의 어깨뼈를 조각내 버렸다. 그렇게 조각난 뼈가 신경을 건드렸고, 피격 이후 감각을 잃은 것도 다 그 때문이었다.

"괜찮아요?"

―네, 아흐, 아직 아프긴 한데 그래도 첫날이랑 둘째 날보단 훨씬 좋아요.

"정말 다행이에요."

이스탄불 최고의 의료진이 블랙마켓 의뢰로 인해 대기 중이다 바로 수술에 들어갔다. 조각난 뼈를 다시 봉합하고, 철심을 박고, 건드린 신경도 문제가 없는지 꼼꼼히 확인하는 수술이었다.

긴 시간 동안 수술을 받고 성수정은 바로 모처로 이동됐다.

그곳에서 며칠간 요양하다 오늘에야 연락이 닿은 것이다.

―미안해요, 대장. 작전도 아직 다 안 끝났는데.

"그런 소리 하지 말고요. 작전이 먼저가 아니라 사람이 먼저
니까 수정 씨는 아무런 걱정 말고 건강부터 회복하세요."

―후후, 내가 좋은 대장 밑에 있었네요. 알았어요. 팀장님
좀 바꿔줄래요?

"알겠어요."

지영은 그래도 부하였던 성수정 걱정에 안절부절못하고 있
는 정순철에게 전화기를 넘겼다.

"야! 괜찮냐? 수술은!"

받자마자 급하게 쏟아내는 걱정에 지영은 자리를 비켜줬다.
옥상으로 올라오자 유리와 안젤라가 먼저 자리를 잡고 맥주
를 마시고 있었다.

"또 술 마셔요?"

"후후, 심심해서?"

"저도 한 캔 줘요."

"여기!"

쉭!

얼음 통에 담가 놓았던 맥주를 받은 지영은 바로 캔을 따
고 마셨다.

시원한 맥주가 목을 타고 넘어오자 답답한 가슴이 좀 가셨다.

적당히 자리를 잡고 앉자 유리가 슬그머니 다가왔다.

"이제 한 놈 남은 거야?"

"응."

지영은 유리의 말에 고개를 끄덕였다.

모삽 알 살리를 잡고 이제 그쪽 계파의 대가리는 딱 한 놈만 남아 있었다.

모하메드 발루스.

모삽 알 살리와 함께 중앙 계파로 진출하려고 지영을 끝없이 괴롭힌 개새끼다.

그동안 지영을 괴롭힌 모든 것들이 이 두 놈의 대가리에서 나왔다고 해도 과언이 아니었다.

몇몇은 실패했는데 그 얘기를 임수민에게 전해 들었을 때는 정말 피가 거꾸로 솟구치는 기분까지 들었다.

"Capitaine."

"응?"

"그놈 잡으면 한국으로 돌아갈 거야?"

"아마도?"

"흠……."

안젤라는 콧소리를 내더니 유리를 돌아봤다.

"우리도 한국 갈까?"

"한국?"

"응, 그 왜… Capitaine 연인 경호원으로 취직하자."

"음, 좋아."

피식.

두 사람이 알아서 결정하는 모습에 지영은 그냥 실소를 흘렸다. 어차피 두 사람의 앞날은 두 사람이 결정하는 게 맞았다. 한국으로 들어오는 것 자체가 일단 전부 힘들어져서 앞으로 어떻게 될 진 모르겠지만 만약 두 사람이 은재의 곁을 지켜준다면 그것만큼 든든한 것도 또 없었다.

지영은 버릇처럼 담배를 꺼내 입에 물었다.

한국에서도 적지 않게 태웠지만 이곳에 와서는 정말 많이 늘은 게 담배였다. 하지만 매일 몸을 움직이니 담배 때문에 체력 문제가 오거나 그러진 않았다. 슬슬 노을이 지고 있었다. 이곳의 해는 이상하게 붉었다.

붉은 땅.

요즘 들어 시리아를 부리는 이름이었다.

정순철이 옥상으로 올라왔다. 성수정이 괜찮아져서 마음의 짐을 덜었는지 한결 편안한 얼굴을 하고 있었다.

"여기들 있었습니까? 하하."

넉살 좋게 웃은 그는 얼음 통에서 맥주 하나를 꺼내 시원하게 들이켰다.

"캬, 이거 맛있네요. 하하."

그가 왜 그러는지 아는 지영은 그냥 웃고 말았다.

그렇게 노을을 바라보며 지영과 지영의 팀은 맥주를 마시며 여유를 즐겼다. 그렇게 각자 두세 캔씩 마셨을 때였다. 이제 여유는 그만! 하는 것처럼 지영의 폰이 다시 울었다. 번호를 확인한 지영은 바로 통화 버튼을 눌렀다.

"응."

―지금 티브이 틀어봐.

"티브이?"

―응, 바로.

"음, 알았어."

지영은 팀원들에게 눈치를 주곤 바로 지하로 내려갔다. 문을 열고 들어가자 김지혜가 심각한 표정으로 자리에서 일어나 모니터를 주시하고 있었다. 김지혜는 지영이 들어오는 것도 의식하지 못한 채 입을 손으로 가리고 멍하니 TV를 보고 있었다.

천하의 김지혜가?

웬만한 일에는 눈 한 번 깜빡이지 않는 그녀인지라 지영은 더욱 궁금해졌다. 조용히 그녀의 뒤로 가서 모니터를 확인한 순간, 지영은 저도 모르게 입을 벌렸다.

[긴급 속보! 샌프란시스코 리히터 9.0 강진 발생!]

—긴급 속보입니다! 미국 샌프란시스코에서 현지 시간 12시 10분경 발생한 규모 9.0이 넘는 강진이 발생했습니다!

어안이 벙벙한 앵커의 말과 함께 잠시 뒤 지진이 덮친 참상을 전하기 시작했다.

지영은 눈을 끔뻑이며 그 영상들을 확인했다. 영상은 달리 설명할 게 없었다. 그냥 지옥이었다.

"맙소사……."

정순철의 중얼거림은, 그걸 지켜보는 모든 이들의 마음을 대변하고 있었다.

*   *   *

리히터 9.0 넘는 강진은 무시무시했다.

샌프란시스코는 완벽하게 망가졌다.

고층 빌딩은 모조리 무너졌고, 무너진 잔해는 그 주변의 건물들까지 같이 무너뜨렸으며, 도로는 쩍쩍 갈라졌다. 그 결과, 곳곳에서 대규모 폭발이 일어났고, 수로가 터지는 등은 그냥 애교였다.

강진이 발생하며 일어난 해일이 도심을 덮쳤다. 동일본 대지진이 그랬다. 해안가에서 지진이 일어나면 지진 그 자체 때문에 일어나는 피해보다 해일이 도심을 덮치며 난 피해가 훨씬 컸다.

그 결과 당시 동일본 대지진의 공식 사상자는 거의 3만 명에 육박했고, 미확인자까지 합치면 그 이상은 훌쩍 나온다.

샌프란시스코가 그랬다.

다행히 전조가 있었기 때문에 꽤 많은 사람들이 대피를 하긴 했지만 그래도 예상되는 피해는 상상을 초월했다.

도심을 메운 해일은, 그 자체로 재앙이었다.

해일이 멈췄을 때 둥둥 떠다니는 시체는 이게 영화인가 현실인가, 헷갈리게 할 정도였다.

미국에서 벌어진 지진이다.

하지만 지영은 착 가라앉은 눈빛으로 당국이 구조하는 걸 지켜봤다. 그리고 이렇게 TV 앞에서 벗어나지 못하는 건 지영뿐만이 아니었다.

TV가 있는 곳이라면, 전파가 닿는 곳이라면 거의 모든 사람들이 TV 앞에서 멍하니 샌프란시스코의 참상을 지켜봤다.

대재앙이었다.

"아······."

안젤라의 탄성이 정적의 우울하게 찢었다.

막 건겨 올린 한 구의 시신이 카메라 영상에 잡혔다.

너무나 작은 체구였다. 이제 고작 여섯? 일곱 살은 되었을 것 같은 아이의 시신에 전 세계가 탄식을 흘렸다.

물에 불어 퉁퉁 부은 아이의 시신은 얼굴만 모자이크 처리가 된 채로 전 세계로 전파를 탔다. SNS를 포함한 전 세계 모든 인터넷 커뮤니티가 요동을 치기 시작했다. 누구의 잘못도 아니었다.

자연이 가져온 대재앙이었다.

명확하게 향할 곳이 없는 원망과 분노는 허공으로 흩어져 사라지고 있었다. 지영도 마찬가지였다.

아이의 시신, 어른의 시신 할 것 없이 구조대가 건져 올리는 시신을 볼 때마다 주먹을 꽉 쥐었다. 전 세계가 슬픔에 빠졌고, 그 슬픔을 지영도 공감하고 있었다. 인간의 궤에서 벗어났지만 인간과 크게 다르지 않은 지영이다. 슬픔을 공감하는 건 지극히 당연한 일이었다. 새벽이 되도록 다들 자리를 뜨지 못했다.

방송은 간간이 미국 본토, 그리고 다른 국가의 국민들이 희생자를 추모하고 생존자를 기원하는 집회 영상들을 보여주기 시작했다. 국가와 도시는 아주 다양했다.

프랑스 파리, 이태리 로마, 영국 런던, 독일 베를린 등, 촛불을 들고 희생자를 위해 울고, 생존자를 기원하며 기도하는 방송은 가슴속 감정을 제대로 어루만지고 있었다. 그렇게 하루가 지났다.

시리아의 붉은 해가 떴을 때, 다들 정신적으로 지친 몸을 이끌고 각자 자리에서 잠에 빠져들었다.

하지만 잠에서 깨어났을 때, 전혀 예상하지도 못한 새로운 국면이 지영을 기다리고 있었다.

"하, 하하……."

샌프란시스코 대지진 구조 영상의 상단에 다른 자막이 하나 붙었다.

런던에서 출발한 보잉747기 한 기가 이스탄불에 거의 다 도착해 흑해에서 기내에 탑승 중이던 무장 세력에 의해 납치, 중동 쪽으로 향한 뒤 자취를 감췄다는 내용이었다.

"미친……."

지영에게는 익숙한 하이재킹이었다.

이놈들은 이번에도 철저하게 준비했는지 전파를 차단하는 도구를 사용했고, 위치 추적 정보가 끊긴 순간 종적을 놓쳐 버리는 어이없는 사태가 다시 발생하고 말았다.

지영의 눈이 악귀처럼 사납게 빛나기 시작했다. 전에 없던 살벌한 눈빛이라 그 기세에 무심코 돌아온 유리와 정순철, 안젤라마저 흠칫하고 물러났을 정도였다.

"지혜 씨."

"네."

"범행 성명 나온 거 있나 확인해 주세요."

"네."

만약 반군들이 저지른 짓이라면 무조건, 무조건 범행 성명은 나오게 되어 있었다. 이놈들에게 명분 없는 전쟁은 절대로 없기 때문에 반군의 짓이라면 반드시 나온다.

치익.

"후우……."

담배 연기가 살랑살랑 피어올랐다가 환풍기에 빨려 갈가리 찢겨 나갔다. 지영은 어제와는 전혀 다른 극한의 분노를 느끼고 있었다.

"큭……."

잇새로 억눌린 조소가 흘러나왔다.

이 미친 새끼들이…….

모든 일에는 그래도 정도라는 게 있다.

최소한의 예의라는 것도 있다.

"어제 대지진이 일어났는데 그다음 날 하이재킹이라… 허, 허허."

정순철이 어이가 없다는 듯이 웃었다. 아니, 실제로 어이가 없는 게 맞았다.

"도대체… 세계의 분노를 어떻게 감당하려고 하는 거지?"

안젤라의 말처럼 이건 그 어떤 걸로도 절대로 용서가 안 될 짓이었다. 당장 풀어주지 않는 이상은 무조건 폭격을 맞을 것이다. 하지만 이 미친놈들은 정말 제대로 미쳐 있었다.

"저… 이것 좀 보셔야 할 것 같은데요?"

김지혜의 떨리는 목소리에 지영은 담배를 끄고 바로 그녀에게 다가갔다. 지영이 다가오자 그녀는 손가락으로 한 화면을 가리켰다.

그 손끝을 따라가자, 짧고 간결한 메시지가 보였다. 지영은 그 메시지를 천천히 읽었다.

기가 막혔다.

분노를 짓누를 정도의 허탈함이 몰려왔다.

메시지를 읽은 지영은 한 가지를 깨달았다.

이놈들은 그동안 지영의 작전 때문에 정말 막다른 골목까지 몰렸다. 아부 카말의 작전 이외로도 간부들이 죄다 죽어 나갔다.

그래서 결국 남은 마지막 수가, 동귀어진이었다.

"Capitaine?"

"지, 지영 씨 이건 말도 안 됩니다!"

"안 돼. 지영, 이런 거 고민할 필요도 없어."

지영의 눈빛이 차갑게 가라앉자 너도 나도 지영을 말리기 시작했다. 지영은 소파로 돌아와 앉았다.

치익.

"후우……."

연기를 뿜던 지영은 피식 웃고 말았다.

성명문, 혹은 성전 결의서? 이딴 거짓된 거창함은 이렇게 요약할 수 있었다.

　나는 신의 전사 모하메드 발루스다.

　우리는 이번 성전을 통해 길고 긴 전쟁을 끝낼 것이다.

　비행기는 내가 납치했으며 승객 300명의 목숨 또한 내 손에 있다.

　우리가 원하는 건 하나다.

　붉은 눈의 사신, 그를 데리고 와라.

　그를 데리고 오면 인질은 풀어주겠다.

　붉은 눈의 사신이 이에 응하지 않을 시, 세 시간에 한 명씩 인질

을 죽이겠다.

　이상 끝.

　아주 씨발스러운 범행 성명이었다.

『천 번의 환생 끝에』 16권에 계속…

초대형 24시 만화방

신간 100%, 샤워실, 흡연실, 수면실(침대석), 커플석, 세탁기 완비

▪ 광명 광명사거리역점 ▪

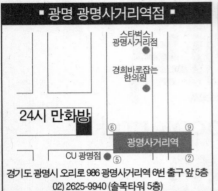

경기도 광명시 오리로 986 광명사거리역 6번 출구 앞 5층
02) 2625-9940 (솔목타워 5층)

▪ 강북 노원역점 ▪

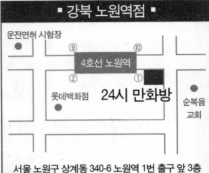

서울 노원구 상계동 340-6 노원역 1번 출구 앞 3층
02) 951-8324 (화용빌딩 3층)

▪ 일산 정발산역점 ▪

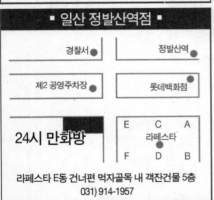

라페스타 E동 건너편 먹자골목 내 객잔건물 5층
031) 914-1957

▪ 일산 화정역점 ▪

경기도 고양시 덕양구 화정동 984번지 서일빌딩 7층
031) 979-4874 (서일사우나 건물 7층)

▪ 부천 역곡역점 ▪

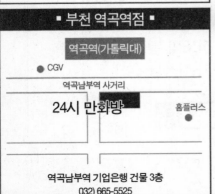

역곡남부역 기업은행 건물 3층
032) 665-5525

▪ 부평역점 ▪

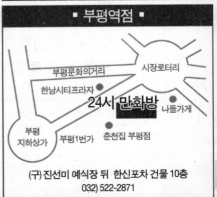

(구)진선미 예식장 뒤 한신포차 건물 10층
032) 522-2871